～学内カースト最下位にして
異能世界最強の少年～

14

ぶんころり

ill. またのんき▼

NISHINO —
the boy at the bottom
of the school caste
and also at
the top of the
underground

二年A組の西野君、
二年A組の西野君、
至急、放送室まで来て下さい。
素直に指示に従わない場合、
学内にいる生徒や教員の
安全は保証しません。

「おねがい、西野君、死なないで。」

もっともっと生きて！」

contents

Nishino

The boy at the bottom of the school caste and also at the top of the underground

西野
～学内カースト最下位にして異能世界最強の少年～　14

ぶんころり

MF文庫J

志水（委員長）
【スリーサイズ】
80/58/81
【学内カースト】
上位
西野のクラスメイト。クラスの委員長。津沼高校二年A組。学校行事に際しては、クラスメイトを引っ張って活躍することも多く、周囲からの信頼は厚い。強い正義感の持ち主で、早合点から暴走してしまうことも度々。進路希望は進学。東京外国語大学に入学する為、英語の勉強に余念がない。
ローズ・レープマン
【スリーサイズ】
62/47/63
【学内カースト】
最上位
数ヶ月前に転校してきた美少女。ロリータ。津沼高校二年B組。不死身の肉体を持つ中堅エージェント。フランシスカと組んで仕事をこなしている。仕事のミスを助けられたことで、西野に対して興味を持つ。学校ではアイドル的な立ち位置にある。その美貌と立場を妬む一部の女子生徒からは、金髪ロリと陰口を叩かれている。
Matsuura-San
Shimizu
Takeuchi-kun
Rose
Nishino
松浦さん
無敵ver.
【スリーサイズ】
85/57/88
【学内カースト】
最底辺
西野のクラスメイト。入学以来、地味で大人しい生徒を装っていた。西野と関わり合いになったことで、卑しくも荒々しい本性がクラスメイトに暴露される。以降、友人を失い教室では孤立。フツメンと共に二年A組のカースト最下層に落ち着く。
竹内君
【学内カースト】
上位
西野のクラスメイト。イケメン。津沼高校二年A組。定期試験では常に上位をキープし、部活動ではサッカー部のエースを務める。また両親は開業医で実家はお金持ち。向かうところ敵なしの優良物件であるため、クラスの女子生徒からは、いつもキャーキャーいわれている。ローズのことを狙っている。
西野
【学内カースト】
最底辺
本作の主人公。フツメン。津沼高校二年A組。圧倒的な異能と強靭なメンタルを備えた凄腕エージェント。文化祭の準備を通じて、青春の尊さ、異性交流の大切さに気付く。素敵な彼女を作って学園生活を謳歌しようと切磋琢磨するも、顔面偏差値に見合わない言動を好む為、努力すれば努力するほど、周囲からの評価は下がっていく。
character

フランシスカ
【スリーサイズ】
91/57/89
【社会階層】
大国のエリート公務員
ローズの上司。グラマラスな金髪美女。母国の国益のため、日々世界中を忙しく飛び回っている。仕事の都合からローズと共に日本を訪れており、エージェントである西野と接触する機会を窺っている。最近、お股の臭いが気になるらしい。
Francisca
マーキス
【社会階層】
裏社会のまとめ役
西野が贔屓にしているバーのバーテン兼マスター。表向きには飲食店を経営しつつ、一方ではエージェントたちに対する依頼の管理や、報酬の受け渡しといった庶務全般を行っている。西野とは数年来の付き合い。
Marquis
太郎助
【社会階層】
勝ち組文化人
有名ロックバンドのギタリスト。大人のイケメン。怖い人たちに命を狙われていたところ、これを西野に助けられたことで、良くも悪くも感化される。誰に対しても突き放したような物言いをする一方、仲良くなると意外と面倒見がいい好青年。
Tarousuke
ガブリエラ
【スリーサイズ】
64/47/63
【社会階層】
XXX
フリーランスのエージェント。ロリータ。西野と同じような異能を保有しているが、力に目覚めて浅い為、その力量は今一歩。同性愛者で可愛い女の子が好き。仕事先で出会ったローズに惚れる。
Gabriella
リサちゃん
【スリーサイズ】
78/55/79
【学内カースト】
上位
西野のクラスメイト。津沼高校二年A組。ローズが転校してくるまでは、男子生徒から学年で一番人気があった美少女。委員長と共に同クラスの女子グループを先導する。快活な性格の持ち主。
Risa-chan

〈前巻のあらすじ〉

学内カーストの中間層、冴《さ》えない顔の高校生・西野五郷《にしのごきょう》は界隈《かいわい》随一の能力者である。普段は何の変哲もない公立高校に通いながら、その一方では裏社会に名を馳《は》せる優秀なエージェント。国内のみならず海を跨《また》いでも、彼の名は一目置かれていた。

しかし、その影響力も学内では響かない。一向にカースト下層を抜け出せそうにない西野は、うだつの上がらない日々を送っていた。

それでも彼は決して腐ることなく、前向きに理想の青春を求め続ける。すると訪れたのは転機。趣味を同じくする同級生、奥田《おくだ》さんとの出会いが学内でのフツメンの立場に変化を与えた。シニカル極まりない西野の言動を真正面から肯定してくれる彼女は根っからの中二病。どこへ出しても恥ずかしい不思議ちゃんだった。

しかし、フツメンにしてみれば願って止《や》まなかった学内の友人。それも恋人の関係に発展する可能性を予感させる人物。互いに相手の奇抜な言動が気にならない彼と彼女は、校内での交流を通じて瞬く間に接近していく。

時を同じくして湧いたのが、マーキスからのお仕事。

過去には西野と委員長が逃走劇へ至る原因となった、フランシスカの同僚による背任。組織から逃げ出した当事者を処分して欲しいとのことだった。最後まで面倒を見ると決めたフツメンは、その仕事を受けることに。

するとと、西野のストーカーと化していた奥田さんが、仕事の現場に居合わせたことから騒動に巻き込まれて、相手方の人質に取られてしまう。夜の首都高を舞台にして、バイクに跨《またが》った西野はカーチェイス。犯人こそ偽物を掴《つか》まされるも、華麗に奥田さんを助け出した。

そんなフツメンの姿に奥田さんはメロメロだ。

鈴木《すずき》君が主催した合コンでは、イケメンたちが二人の破局を画策するも、なんら揺るぎない彼と彼女の関係。自らの世界観を貫く西野と奥田さんは、周囲の皆々を不愉快にさせつつも、自分たちの青春を追求していく。

こうなると面白くないのがローズとガブリエラである。意中の彼と他所《よそ》の女の接近を受けて、彼女たちもフツメンとの距離を詰めていく。また、二人の行動を目の当たりにしたことで、委員長までもが西野に対する感情を波立たせ始めた。

更には教室の片隅、隙あらば童貞野郎を寝取らんとする松浦《まつうら》さんの目が光る。

おかげでホームルーム前の教室では、フツメンを囲んで学内の綺麗所《きれいどころ》が勢揃《せいぞろ》い。どんなイケメンにも不可能であった光景が広がる。その様子はまさにハーレムと称しても差支えがないものだった。

そうして今、満を持して二年A組の中心に立った西野と、彼の身辺より勃発する、学内を舞台にした最後の騒動が幕を開ける。

〈ハーレム〉


二年A組にやって来た季節外れの転校生。

その登校初日となる本日、ノラの周囲には、クラスメイトの姿が絶えることはなかった。朝のホームルームを終えるや否やの大盛況。授業と授業の間の僅かな休み時間にも、その都度生徒たちが集まった。

委員長とは交友があるという前評判も手伝い、ここぞとばかりに気合を入れたリサちゃんと、彼女の仲良しグループが率先して声を掛ける。その周りにはカースト上位の男子生徒たちが、隙あらば連絡先を交換しようと控える。

更には他所《よそ》の教室からも物珍しさから生徒が訪ねてきたりした。

当然ながら、クラスの爪弾《つまはじ》き者である西野《にしの》が近づくような余裕はない。そして、本人も無理に割って入るような真似《まね》はするまいと、意図して距離を取っていた。近くには委員長の姿もあり、学校での面倒見は彼女に任せることと決めたようだ。

そうこうしている内に時間は過ぎて、昼休みがやって来る。

同日のランチタイム、西野はローズとガブリエラの二人と学食へ向かった。

つい先日にも屋上を脱して、場所を変えた彼らのお昼の時間である。食堂内のテーブルを一つ陣取って、ローズ手製のお弁当を広げている。おせち料理さながらである重箱の並びは、これでもかというほどに人目を引いた。

これを囲っているのが学内の綺麗《きれい》どころとあれば尚《なお》のこと。

また、本日はガブリエラの目の前で醤油《しょうゆ》ラーメンが湯気を立てる。食堂のテーブルを借りている手前、申し訳程度ではあるが、食券を購入して調達した品だ。表面にはスープの色が変わるほど、たっぷりと胡椒《こしょう》が浮かんでいる。

「貴方《あなた》、本当にそれを食べるの？　こっちまで胡椒の匂いが漂ってくるわ」

「こういうのが美味《お》しいのだとネットで見ました」

「身体《からだ》を壊さないか？　胡椒の致死量が気になるところだ」

彼らがいざ箸を取らんとしたとき、奥田《おくだ》さんがやって来た。

ここ数日はもはや、西野のストーカーと化している彼女だ。

「西野君、悪いが席を共にしてもいいだろうか？　他の席が空いていなくてね」

「あぁ、好きなようにするといい」

西野が快諾したことで、彼女は狙い通りのポジション、フツメンの対面に着いた。教室に彼の姿が見られないと把握するや否や、学生食堂まで全力疾走してきた奥田さんである。平静を装っているが、心なしか呼吸が荒い。

手元にはお盆に載せられて、学生食堂の日替わり定食。

ローズとしては全力でお断りしたいところ。しかし、西野《にしの》の面前とあっては声を上げることも憚《はばか》られた。ガブリエラは勢いよく啜《すす》ったラーメンに咽《むせ》て、なにを語る余裕もなく、ゴホゴホと激しく咳《せ》き込《こ》み始める。

「こ、コレはなかなか、刺激的なラーメンですっ……」

「当然じゃないの。何を馬鹿なことやっているのよ」

「奥田《おくだ》さん、連れがすまない。食事は無事だろうか？」

「あぁ、こちらは大丈夫なのだが、あの、お水飲む？　お茶だと辛《つら》いでしょ」

「ありがとうございます。まさにソレを求めて席を立とうとしたところです」

奥田さんが差し出したのは、学生食堂が提供しているお水。プラスチック製のカップに注がれたそれを受け取り、ガブちゃんはゴクゴクと喉を鳴らし始めた。ローズが用意した飲み物は熱々のお茶とあって、躊躇《ちゅうちょ》していた彼女だ。

「…………」

そうした彼らを少し離れた場所から眺めているのが委員長である。

本日も先日に引き続き、しっかりとお弁当を忘れた彼女は、教室でリサちゃんと別れて学食を訪れていた。妹と父親の分は普段どおり作っておきながら、自分の分だけわざと作らずに登校した彼女である。

食券を購入した志水《しみず》は、西野たちが着いたテーブルに狙いを定める。

以前と同様、ランチの席を共にしようという算段だ。

当面はお弁当を忘れて忘れて忘れまくる腹づもりの委員長だった。

しかし、そんな彼女の思惑を阻む存在が現れた。

ノラである。

いつの間にやら彼女が、西野《にしの》たちのテーブルに接近していた。

「ここ、座ってもいい？」

「アンタ、委員長やリサちゃんたちと一緒じゃなかったのか？」

「貴方《あなた》が気になったから、追いかけてきた。ここに居るとリサから聞いた」

手にはコンビニエンスストアのロゴが入ったビニール袋が下げられている。

その姿を学食に発見して、委員長は驚いた。

何故《なぜ》ならば西野の指摘どおり、ノラはリサちゃんたちと一緒に、教室で食事を共にしている筈《はず》であった。学外で購入したと思《おぼ》しき食事を持参していたので、お弁当派である彼女たちの輪に迎え入れられた次第である。

彼女は西野が頷《うなず》いたのを確認して、ローズの対面に腰を落ち着けた。

これでテーブルに空いている席は残り一つ。

大丈夫だとは思いつつも、委員長は気持ちを焦らせる。

すると、志水《しみず》が食堂のカウンターで豚の生姜《しょうが》焼き定食を受け取っている間にも、目当てのテーブルに近づく人物の姿があった。その生徒はフロア内をしばし彷徨《さまよ》ったのち、西野の存在に気づいたようで、彼らの下に足を運んだ。

「西野君、ここって空いてる？」

「席は空いている。だが、松浦《まつうら》さんはいつも教室で食べていなかったか？」

「今日、寝坊しちゃってコンビニに寄ってる暇がなかったんだよね」

「それは災難だったな」

最後に残っていたガブリエラの対面に、松浦さんは腰を落ち着けた。

手元に置かれたお盆の上には、ガブちゃんと同じ醤油《しょうゆ》ラーメン。

六人掛けとなる長方形のテーブルに片や、ローズ、西野、ガブリエラが並んでいる。その対面にノラ、奥田《おくだ》さん、松浦さんといった位置関係だ。空いている椅子はゼロ。近くから都合することも難しい。

「…………」

委員長は席がすべて埋まってしまったテーブルに愕然《がくぜん》。

そんな馬鹿な、と訴えんばかりの面持ちで目を見開く。

両手でお盆を抱えたまま途方に暮れる羽目となる。

まさか西野が掛けたテーブルが、すべて埋まるとは夢にも思わない。しかも彼以外は全員が女子生徒。性格はさておいて、見栄えのする生徒ばかりが集まっている。事実、周囲からはチラチラと視線が向けられて止《や》まない。

驚き固まった志水《しみず》の見つめる先で、西野《にしの》たちは楽しげにランチタイム。

「啜《すす》ルことなく慎重に食したのなラ、コレはコレで意外といけます」

「だったら明日から、貴方《あなた》の分は用意しなくてもいいわね」

「待って下さいお姉様、ラーメンは主食です。主菜や副菜は必要ではないかと」

「ガブリエラさんのラーメン、色がやばくない？　それどうしたの」

「胡椒《こしょう》ラーメンです。貴方も手元のラーメンで試してみてはどうですか？」

「罰ゲームとかじゃなくて？」

「この子が勝手にやっていることよ」

「胡椒の致死量は、小さじで約百三十杯か。塩分よりは遥《はる》かにマシのようだ」

「西野君、知っているかい？　ナツメグは僅か十数グラムで人を死に至らしめる！」

賑《にぎ》やかにする面々を遠目に眺めながら、委員長は豚の生姜《しょうが》焼き定食が載せられたお盆を両手にトボトボと移動。そして、西野たちが囲っているテーブルから十分に離れた場所に席を確保して、もそもそと一人で食事を摂《と》り始めた。

生姜の利きが全然甘いじゃないの、とは一口目を頬張《ほおば》っての寸感。

明日はもっと早い時間に学食に来ようと、強く心に決めた志水である。

結果的に発生するかもしれない椅子取りゲームの行方は、今はまだ考えていない。

◇

◆

◇

ノラが転校してきた日の放課後、西野は六本木《ろっぽんぎ》のバーに足を向けた。

まだ日が暮れてもいない時分、店先には閉店中の案内が下げられている。これに構うことなく店内に足を踏み入れると、カウンター席には既に先客の姿が見られた。長いブロンドを背中に垂らした、真っ赤なスーツ姿の女性である。

「アンタが先にいるとは珍しいこともあるものだ、フランシスカ」

「【ノーマル】の呼び出しとあらば、すぐに駆けつけるわよ」

「どの口が言う。いつも遅れてばかりだろうに」

フランシスカが掛けた席とは一つ間を空けて、西野は椅子に腰を落ち着けた。

カウンターの向こう側では、新たなお客の来訪を受けてバーテンが動き始める。何を言われるまでもなく、いつものボトルを手に取ると、磨き終えて間もないグラスにトクトクと酒を注いでいく。

「聞きたいのは、あの子のことでしょう？」

「当然だろう？　どうして日本にいる」

「なんたって【ノーマル】でさえ苦戦したエージェント候補たっての希望だもの。聞かない訳にはいかないでしょう。貴方《あなた》だって現地では偉そうなことを言っていたのだから、少しくらいは協力してもバチは当たらないと思うけれど」

「まさか、彼女に仕事をさせるつもりか？」

「本人がそれを望んでいたら、こちらとしてはサポートせざるを得ないわねぇ」

「白々しいことを言うな。そうなるように仕組んだのはアンタだろう？」

「そうかしら？　だとしても、あの子の思いは本物だと思うのだけれど」

普段と比べて、幾分かピリリとしたやり取りだった。

当の本人は委員長やリサちゃんのグループに誘われて、放課後は歓迎会に向かっていった。これには竹内《たけうち》君たちのグループを筆頭に、男子生徒も多数参加している。そして、当然のように誘われなかった西野《にしの》である。

というよりも本日に限っては、先んじて教室を発《た》ったフツメンである。

その理由こそ、今まさにやり取りしている内容だ。

「だとしても、わざわざ転校させることはない。彼女には彼女の生活がある。ただでさえ父親との距離感に悩んでいるんだ。地元の友人らとまで疎遠になる、その心理的な負担を考えなかったのか？」

「転校は彼女の意思よ？　むしろ、そちらが先にあってのことなのだから」

「……本当か？」

「自分を頼れと言ったのは、貴方でしょう？」

フランシスカに言われて、西野は空港でのやり取りを思い起こす。

大丈夫だ、アンタは一人じゃない。これからも頼ってくれて構わない、云々《うんぬん》。委員長プレゼンツ、修学旅行中に実施された西野調教プロジェクトの賜物《たまもの》である。巡り巡って自らの首を絞め上げてしまった志水《しみず》だ。

「本人は、貴方に恩返しをしたいと言っていたわね」

「そうか」

「だとしたら、あの子には他にやり方なんてないでしょう？」

「……アンタの言うことは分かった」

二年A組の教室では、ノラの口からも同じようなことを耳にしていた西野だ。

こうなるとフランシスカの発言を否定することも憚《はばか》られた。

たしかに彼女からの好意は本物のようだ、とかなんとか。

つい先日から、奥田《おくだ》さんとの交流に期待を抱いているフツメンとしては、些《いささ》かバツが悪い展開だ。委員長との交際を諦めた直後、ノラとの関係を惜しく感じていたこともあって、後ろめたい気持ちが胸に浮かんだ。

「ところで、こちらからも少しいいかしらぁ？」

「なんだ？」

「貴方《あなた》に預けている仕事についてよ」

「続けるといい」

「ターゲットが希望している亡命先から、追加で情報が入ったわ。なんでも貴方の懐柔を条件にしているみたいなのよね。どうりで延々と待っていても、国外へのルートに姿が見られない訳だわ」

「わざわざ身代わりなど用意していたのも、その為《ため》の時間稼ぎか」

「現地の協力者はこっちでほとんど巻き取ってしまったから、行えることはかなり限られていると思うのよね。【ノーマル】の仕事なら問題ないとは思うけれど、念の為に伝えておきたかったの」

「あぁ、承知した」

フランシスカの発言を受けて、カウンターの向こう側でも反応が見られた。

作りたての酒を西野《にしの》の正面に差し出した直後、マーキスがボソリと呟《つぶや》く。

「ターゲットの潜伏先についてだが、もう少しばかり時間をもらえないか？」

「この女の語りっぷりからすると、以前見た宿泊先のリストも、どこまで役に立つか分からないな。先方の出方次第では、延々と鬼ごっこをする羽目になるかもしれないが、アンタのところは大丈夫か？」

「そうした可能性も考慮して、他所《よそ》でも調査を進めている」

「急《せ》くような仕事でもないから、ゆっくりと進めてくれて構わないわよ」

「あぁ、そう言ってもらえると助かる」

どうやら今しばらく時間が掛かりそうな今回のお仕事である。

マーキスとフランシスカのやり取りを眺めつつ、西野は手元のグラスを口元に運び、小さくゴクリと喉を鳴らした。きつめのアルコールがじんわりと喉を焼くようにして胃へと降《くだ》っていく。

これに目を細めつつ、鼻に抜ける煙っぽい風味を楽しむ。

そんな西野の態度が気になったのか、フランシスカが茶化《ちゃか》すように言う。

「ところで、転校生とはもう楽しんだのかしらぁ？」

「なんの話だ？」

「彼女から学校でアプローチを受けたでしょう？」

「だとしても、他に気になっている女がいるのでな」

「せっかく遠路はるばるやって来た子に、それはないんじゃなぁい？」

ノラからの好意はさておいて、現在のフツメンの意識は奥田《おくだ》さんに向いていた。相変わらずキープの概念を持たない西野である。予期せぬ転校生のポジションは既に、自身が守るべき友人として落ち着いている。

告白した訳でもないのに、早々にも奥田さんに操を立て始めている童貞だ。そして、フツメンと同様に異性と付き合った経験がない彼女だから、互いに相手を意識しつつも、なかなか一歩を踏み出せないでいる二人の在り方である。

「むしろアンタに尋ねたいが、彼女の身の回りは大丈夫なんだろうか？」

「その辺りは安心してくれて構わないわよぉ？」

「グアムとは違って、この辺りはなにかと賑《にぎ》やかだ。危うい誘惑も多い」

「貴方《あなた》が自ら囲いたいと言うなら、素直に受け渡してもいいけれど」

「世話を焼くことは吝《やぶさ》かではないが、できればアンタのところで面倒を見て欲しい。こっちには既に二人、やたらと騒々しいのがいる。これ以上は面倒を見きれない。内一名はアンタとしても気がかりなことだろう」

「ええ、そうだったわね」

つい先日にも、包丁が飛び交っていたシェアハウスのキッチン。

なにかと流血沙汰が尽きないフツメンの生活環境。

その光景を脳裏に思い起こすと、彼も素直に頷《うなず》くことは憚《はばか》られた。

以降、フランシスカを相手に軽口を叩《たた》いて過ごすことしばらく。

グラスが空になったところで、西野《にしの》は彼女を残して先に席を立った。

出入り口のドアが開閉するのに応じて、カランコロンと乾いた鐘の音が鳴る。地上に向かう階段を登っていくフツメン。その背中はすぐに見えなくなった。足音もあっという間に遠退《とおの》いて、遠く街の雑踏にかき消えていく。

会話が失われて静かになった店内。

誰に語るでもなく、フランシスカがボソリと呟《つぶや》いた。

「こんないい女が隣で飲んでいるのに一人で帰るなんて、失礼しちゃうわよねぇ」

「アンタもここ最近、随分と印象が変わったように思う」

「あら、そうかしらぁ？」

「とはいえ、強情な部分は相変わらずのようだが」

グラスに注《つ》がれたビールを傾けつつ、フランシスカは愚痴を続ける。

これに相槌《あいづち》を打ちながら、マーキスは静々とグラスを磨き始めた。

◇　◆　◇

翌日、西野は普段どおり二年A組の教室に登校した。

自席へ向かいがてら口にするのは、習慣となって久しい朝の挨拶運動。クラスメイトの間ではなにかと話題に上がりつつも、教室内では一度として、返事が与えられたことがない一方通行なやり取り。

「明けない夜がないように、冬もまたいつかは終わりを迎える。積もり積もった雪の下であっても植物の種子は、今か今かと芽吹きの時を待っている。その直向《ひたむ》きさは我々人も見習うべきものがあると感じる」

極寒期の只中《ただなか》にある二年A組の非モテ男子一同としては、リア充宣言にも等しく聞こえたフツメンの挨拶。奥田《おくだ》さんに続いて、昨日にはノラとの関係もクラスメイトに露呈した西野《にしの》である。

昼休みに学食で楽しそうにする彼の姿は、既に教室内で話題になっていた。

学生食堂で女子五人に囲まれてのランチタイムは、竹内《たけうち》君であっても経験のない出来事。そこにローズやガブリエラ、ノラといった見栄えのする人物が居合わせたとなれば、かなり人目を引いていた。

「今の絶対に奥田さんとの関係をイキってるよな」「ノラちゃんじゃなくて?」「っていうか、雪が降るにはまだ早いでしょ」「明け方少しだけチラついてたから、それが影響してるんじゃない?」「え、マジで降ってた?」「五時くらい? 便所に起きたら窓から見えたから」「そんな時間から何やってんだよ、西野のやつ」

すると、なんと本日はこれに反応が見られた。

西野とは別の声が、教室の出入り口付近から聞こえてくる。

「しかし、雪の下で日の目を見ること無く腐ってしまう種子も多いと聞く。果たして君が胸に宿した思いは、冬を越えることができるのか。その行く末を見届けたいと思う程度には、私は君のことが気になっているようだ」

自然とクラスメイトの注目は声の出処《でどころ》に向けられた。

二年C組の不思議ちゃんこと、奥田さんである。

本日はカラコンを着用の上、耳に派手なフェイクピアスを嵌《は》めている。

「芽吹いたの腐らしちゃ駄目じゃね？」「西野、奥田さんに嫌われた？」「嫌いなら二つ隣の教室まで来ないでしょ」「今の告ったように聞こえるんだけど」「二人が仲良さそうなの悔しすぎる」「分かる、自分も西野や金子《かねこ》みたいに学内で女子とイチャつきたい」「富田《とみた》も一年生の子に告ったらしい」「え、マジ？」

西野の登校を今か今かと待ち構えていた奥田さんだ。彼が入ってきたのとは別のドア付近に待機していた彼女は、待ち人の姿を確認するや否や一歩を踏み出す。そして、フツメンの語りを耳にしたところで、即座に合いの手を入れていた。

こうなると嬉《うれ》しいのが西野である。

彼の意識はすぐさま彼女に向けられた。

「おはよう、奥田さん」

「またこうして君と顔を合わせられて嬉しいよ、西野君」

「そのピアス、なかなか似合っている」

「っ……ほ、本当かい？」

「ああ、本当だとも」

学友の変化に気づいた西野《にしの》は、さっそく先方の装いを褒めた。

異性にチヤホヤされた経験に乏しい奥田《おくだ》さんは、たった一言で心を躍らせてしまう。男子はおろか女子との交流も失って久しい彼女は、とてもチョロい女だった。流石《さすが》は西野君、よく見ているのだよ、とかなんとか。

他の生徒からすれば、これがまた苛立《いらだ》たしい光景だ。

不出来な演劇でも見せつけられているかのようである。

「このピアスは古い知人から贈られたものでね。デスクの引き出しでホコリを被《かぶ》っていたところ、ふと目に付いたので手に取ってみたのさ。いささかレトロなデザインではあるが、そう言われると悪くない」

奥田さんは昨晩に検討していたアクセサリーの出自設定を語り始める。

本当の出処《でどころ》は母親の化粧箱。

ところで、奥田さんの装いの変化は、アクセサリー類に限らない。

西野との交流が始まってからというもの、彼女のスカートは日に日に丈が詰まりつつあった。当初は学校の規定通りであったそれが、先日には膝上。ノラの転校を受けては更にもう一巻き、といった具合。

持ち前の行動力が危うい方向に発揮されつつある奥田さんだ。

そうこうしているうちにノラが登校してくる。

教室を訪れた彼女は、そこにフツメンの姿を見つけると、自身の机に向かうより先に彼の下へ向かった。途中、クラスメイトから男女を問わず、立て続けに声を掛けられ、これに挨拶を返しつつのこと。

その光景を目の当たりにして、西野は人知れず安堵《あんど》を覚えた。どうやら昨日の歓迎会では皆と仲良くやれたようだな、云々《うんぬん》。クラス内では絶賛爪弾《つまはじ》き中の自らの立場を棚に上げて、やたらと生意気なことを考えている。

「ニシノ、貴方《あなた》に尋ねたいことがある」

「なんだ？」

西野の席の正面に立った奥田さんの傍《かたわ》ら、ノラが並んだ。

彼女はペコリと頭を下げて朝の挨拶。

そして、直後にはフツメンに対して質問を投げかけていた。

「昨日、あの女性と会っていたと本人から聞いた」

「それがどうかしただろうか？」

「隣のクラスの二人とのこと、貴方に聞きたい」

「この場で答えられることなら、なんでも聞いて欲しい」

あの女性とはフランシスカを指してだろう。そのように判断して、西野はノラに続きを促した。六本木《ろっぽんぎ》のバーから帰宅した後で、互いにやり取りする機会があったのではなかろうかと考えた彼だ。

昨晩の会話では、ノラとの同居を仄《ほの》めかしていた股臭オバサンである。

すると、彼女の口から問われたのは彼も想定外の疑問。

「彼女たちと住まいを共にしているの、本当?」

まず最初に反応を見せたのは、教室に居合わせたクラスメイトだった。

ノラの言う、隣のクラスの二人、というのがローズやガブリエラを指していることは、二年A組の面々も容易に想像できた。だからこそ、住まいを共にしている、という言葉には驚かざるを得ない。

委員長や竹内《たけうち》君など、一部の知り合いは既知である一方、大多数のクラスメイトは初耳となるフツメンの住まいの事情。各所では二人のやり取りを耳にしたことで、即座に喧騒《けんそう》が広がり始めた。

「隣のクラスの二人って、ローズちゃんとガブリエラちゃん?」「西野《にしの》が勝手にそう嘯《うそぶ》いているだけでしょ」「あの子たちのホームステイ先が、西野の家だとかじゃないの?」「二人とも海外から来てるもんね」「いやでも、西野って一人暮らしでしょ?」「前にシェアハウスがどうのって、話題になってたような気も……」

こうなると困ってしまうのが西野である。

奥田《おくだ》さんとの関係進展に向けて、一歩を踏み出そうとしている矢先、ローズとガブリエラの存在が行く先を遮る。彼女も驚いた表情を浮かべて、ノラとフツメンとの間で視線を行ったり来たり。

「……していないと言えば、それは嘘《うそ》になってしまうな」

そして、学友に対してはやたらと誠実な西野である。

彼は素直に事情を説明することにした。

「だが、勘違いしないで欲しい。シェアハウスを共にしているだけだ」

「シェアハウス？」

「同じアパートの別室に住んでいるようなものだと考えて差し支えない。大家との契約も別々に行っている。築浅でありながら比較的安価な物件であったので、偶然から入居先が重なってしまったんだ」

シェアハウスでの同居には、人様には言えない自らの背景や、そちらに基づいた二人との関係が影響している。当然ながら、それらは西野にとって極秘事項。そこで彼は事実を遠回しに語って、ノラが口にした事情を取り繕う。

「だったら、私も引っ越す」

「いいや、それは無理だ」

「どうして？」

「部屋がもう空いていない」

「…………」

昨日にもフランシスカから話題に上げられた提案だった。

あの女、面倒になってこちらに投げたな、とは彼の胸中に浮かんだ寸感。実際にはお酒に酔ったオバサンが、つい口を滑らせてしまった次第である。昨晩はバーから帰宅後もビールを頂いていたフランシスカだ。

「あの女が気に入らないようであれば、こちらからも釘《くぎ》を刺そう」

「ううん、それは違う。とても良くしてくれてる」

「酒に酔って暴れたりはしていないか？」

「うん、してない」

どうやらノラは本気で引っ越しを考えていたらしい。

西野《にしの》の返事を耳にして、彼女はしゅんと肩を落とした。

これと前後して、奥田《おくだ》さんからも声が上がる。

「西野君の住まいは、その、なんだい？　シェアハウスだったのか」

「そのとおりだ、奥田さん」

「しかし、ローズさんやガブリエラさんと住まいを共にしているとは思わなかったよ。普段から仲がいいから、何かあるだろうなとは考えていたが。やはり彼女たちとは、付き合っていたりするんじゃないかい？」

「以前にも伝えたが、そういった関係ではない」

「それにしては凄《すさ》まじい偶然だと思うのだけれど」

「つい先々月までは彼女たちではなく、別の住民が住んでいた。その者たちが出ていくタイミングで空き部屋を確認して、あの二人が転がり込んできた形となる。共通の知人からの紹介、みたいなものだ」

せめてもの弁明にと、自らの身の潔白を訴えておく童貞。ユッキーと黒ギャルとは互いに面識のあるローズとガブリエラだ。彼らの退去を聞きつけてシェアハウスにやって来たのも事実である。決して嘘《うそ》は言っていない。

ただし、内一名から繰り返し求愛されていることは黙っておくことにした。

「なるほど、そんな経緯があってのことだったのかい」

「色々と勘ぐらせてしまって申し訳ない」

「い、いや、西野君が誰と一緒に住んでいようと、西野君の自由さ」

「……そうか」

いくらシェアハウスとはいえ、彼女以外の異性とひとつ屋根の下、というのは格好《かっこう》がつかない。今更ながら自らの身の上に問題意識を覚えた西野である。そろそろ住まいを移るべきかと、今後の身の振り方に一考を投じる。

そして、一連のやり取りは傍《はた》から眺めたのなら、やっぱりハーレム。

ノラと奥田《おくだ》さんが西野《にしの》を取り合っているようにしか見えない。

事実、取り合っている。

こうなると黙ってはいられない女がいた。

「西野君、ちょっといいかしら？」

「なんだ？　委員長」

二つ隣の席でやり取りされる青臭い会話に、我慢の限界が訪れた志水《しみず》。彼女はガタリと音を立てて席を立った。しかし、衝動的に声を掛けてはみたものの、これといって用事は思い浮かばない。

そこで彼女は委員長なる自らの立場を利用することに決めた。

「手伝って欲しい仕事があるの。いいかしら？」

「ああ、そういうことであれば何でも言って欲しい」

とりあえず二人きりになれる状況を用意して、フツメンにすり寄ってくる女たちから彼を引《ひ》き剥《は》がす作戦。やり口が段々とローズに似てきている事実を理解しつつも、他に上手《うま》い方法が浮かばなかった志水だ。

修学旅行と前後して、目の前の人物から向けられる視線が減ったことを、委員長はそこはかとなく感じていた。その理由が奥田さんやノラの存在にあるとあらば、把握せずにはいられない彼女だった。

するとほぼ時を同じくして、ローズとガブリエラが教室を訪れた。

「あら、二人してどこに行くの？」

「委員長の手伝いをちょっとな」

「そういうことだったら、私も手伝おうかしら」

「私も同行しましょう。お姉様ばかりに良い格好《かっこう》はさせラレません」

有無を言わせないローズの発言に委員長は自らの不運を嘆く。これじゃあ意味がないじゃないのと。そして、志水の思いなど露知らず、直後には奥田さんとノラからも立て続けに協力の声が上がった。

「私も手伝う」

「だとすれば、私だけ暇にしている訳にはいかないな」

致し方なし、席を立った委員長は面々を伴い、廊下に向かっていく。

するとついでとばかり、自席に座っていた松浦《まつうら》さんが言った。

「西野君、帰りに自販機でカフェオレ買ってきてくれない？　お礼はキスで」

「承知した。だが、お礼は不要だ」

これに軽く頷《うなず》いて、西野は志水に促されるがまま教室から出ていく。

両手はズボンのポッケにイン。

澄ました態度で歩くその周りを、可愛《かわい》らしい女子生徒に囲まれながら。

居合わせた生徒一同は、何を語るでもなく彼らを見送った。やがて、その気配が十分に遠退《とおの》いてからのこと。言葉数が減った教室内にクラスメイトの一人、男子生徒の呟《つぶや》きがボソリと響いた。

「あれもうハーレムじゃん」

普段なら矢継ぎ早に与えられるだろう否定と失笑。

それが今この瞬間に限っては、どこからも上がっては来なかった。

◇◆◇

西野《にしの》のハーレムは授業時間にさえも侵食を始めた。

それは特別活動に充てられた授業時間のこと。

来年の年明けに予定されている、全校生徒対抗のかるた大会。本日の二年A組では、その開催に向けてグループ決めが行われていた。大会には三人一組で臨むことになる。体育の授業とは異なり、そこに男女の隔たりはない。

「んじゃまぁ、あとは頼んだぞ、委員長」

この手の決めごとで生徒に嫌われたくない大竹《おおたけ》先生は、面倒な仕事を委員長に丸投げすると、授業時間の開始から間もなく教室を出ていった。ベテラン教員の彼は、こうした方が上手《うま》いことクラスが回ることを熟知していた。

委員長もそれで内申が得られるのだから悪い気はしない。模試テストの点数が振るわなかった場合、総合型選抜も視野に入れている志水《しみず》としては、こういった状況で確実に教員のポイントを稼ぐ必要があった。

「グループ分けはサクッと決めて、残りの時間は楽しく自習にしましょう」

大竹先生に代わって黒板の前に立った委員長が言った。

彼女は席に着いたクラスメイト一同を見渡して続ける。

「学校の行事とは言っても、貴重な高校生活の思い出になるのだし、せっかく参加するなら勝ちに行きたいよね。だから、こういうのは好きな者同士で決めたらいいと思うんだけど、異論がある人はいますか?」

「俺は委員長に賛成！　皆もそうだよな?」

即座に賛成の声を上げたのが鈴木《すずき》君。

どんな状況でも志水へのアプローチを忘れない。

そして、女子カースト上位の委員長と男子カースト上位の鈴木君、二人の意見が合致したのなら、以後の流れは決まったようなものだ。竹内《たけうち》君やリサちゃんからも異論は上がらず、グループ決めは円滑に進んでいく。

「今から十分間を区切りにして、三人組を作って下さい。グループが決まったら、黒板に名前を書いてね。あと、三人の内一人にはリーダーをやってもらうから、リーダーの子は名前に丸を付けて欲しいな」

かるた大会は昨年にも実施されている。二年A組の生徒たちは勝手知ったる様子で三人組を作っていく。事前に声を掛け合っていた生徒も多数いたようで、黒板には次々と生徒たちの名前が並び始めた。

基本的に男子は男子と、女子は女子とグループを組んでいく。

これはカーストの上下に関わらない。

竹内《たけうち》君も鈴木《すずき》君や仲のいいイケメンと。

委員長もリサちゃんやその仲良しグループと。

こうした只中《ただなか》、クラスメイトの癇《かん》に障るヤツがいた。

そう、西野《にしの》である。

生徒が皆々席を立って賑《にぎ》やかにし始めた一方、フツメンは自席に座ったまま仏頂面で黒板を眺めていた。大仰にも足を組んだ上、更に腕まで組んでいる。さも自分は既にグループを組み終えたと言わんばかりの態度。

けれど、黒板に彼の名前は見られない。

なんたってグループを組む相手がいない。

さて、どうしたものか、などと自らの立場を棚に上げて悠長に構えていた。

そして、これまでの西野であれば、一人孤立して、黒板には最後まで名前が書かれることはなかっただろう。事実、昨年はグループに入り込むことができず、担任からも、西野は見学でいいか？　などと言われていた。

しかしながら、今年はその限りでない。

自席に座ったままのフツメンの下へ、自ら歩み寄っていく生徒の姿がある。

「女子から当然のようにハブられてる私のこと、西野君は助けてくれるよね？」

「ニシノ、かるた大会、私と一緒にやる」

松浦《まつうら》さんとノラである。

彼女たちは西野の席を訪れると、口々に誘い文句を述べた。

「自分などでよければ、共にグループを組ませてもらうが」

せっかく誘ってもらったのに、どこまでも偉そうなフツメンだ。椅子に座した姿勢のまま、わざわざ足など組み替えつつの問答である。けれど、彼女たちはそうした彼の大仰な振る舞いを気にした様子もない。

とりわけ顕著な態度を取って見せるのが松浦さんだ。

西野が頷《うなず》いたのに応じて、その腕を強引に取って自らの胸を押し付ける。

「さっすがは私と同じボッチ仲間の西野君。こういうとき頼りになるよね！」

どれだけ股を開こうとしても、一向に食いついてくる気配のない童貞。その塩対応を目の当たりにして、日に日にアプローチが過激になってきている。学内で無敵の人と化した松浦《まつうら》さんには、クラスメイトの目など存在していないも同然だ。

他方、彼女の胸部と自らの胸部を見比べたところで、ノラはため息を一つ。

代わりにフツメンに向けて、声も大きく問いかける。

「ニシノ、かるたって何？」

「言葉のルーツはポルトガル語だ。手紙やカードを意味する。競技者は二つに分かれて、ランダムに並べられた多数の札の中から、読み手が読み上げた札をいち早く手にする、といったゲームだ」

こいつ、女子にモテようとして、事前に語源をネットで調べやがったな？

ノラの問いに即答。つらつらと偉そうに語って見せるフツメンに向けて、やっかみの眼差《まなざ》しがそこかしこから飛んでくる。てっきり日本語が語源だと思っていた層からは、とりわけ顕著な視線が向けられていた。委員長もその一人だ。

ただでさえ苛立《いらだ》たしい西野《にしの》が、得意げに知識を披露していて尚《なお》のこと憎たらしい。

「ごめん、ニシノ。ちょっとよく分からない」

「言葉で説明する以上にシンプルな遊びだ。ゲームのプレイ風景を眺めたのなら、すぐに把握することができるだろう。ただ、日本語に不慣れなアンタには、いささかハードルが高いかもしれないな」

「だったら、かるたの練習をしたい」

「それなら本日の放課後にでも場を設けるか」

　グアムではノラに対して別れ際に、アンタは一人じゃない、これからも頼ってくれて構わない、などと偉そうに語っていたフツメンである。妙なところで義理堅い彼は、過去の自らの発言に従い、彼女の世話を焼こうと恭しくも接する。

　同じ能力者であっても、ローズやガブリエラへの対応とは雲泥の差だ。

「ニシノが付き合ってくれるの？」

「決して無理にとは言わないが」

「ううん、ぜひとも」

　松浦さんが抱き着いたのとは反対側。机に乗せられていた西野のもう一方の腕を、ノラも控えめながら両手で抱きかかえた。腕の持ち主を間に挟んで、松浦さんに牽制《けんせい》の眼差しを向けることも忘れない。

　二人の間で視線が交差する。

　その慎《つつ》ましやかな胸元を鼻で笑った巨乳女は、悠然とフツメンに訴える。

「ねぇ、西野君。そういうことなら私も交ぜてよ。かるたの練習」

「それは構わないが、ダンスのレッスンはよかったのか？」

「今日は予定が入っていないから、放課後は暇になりそうなんだよね」

教室内には松浦《まつうら》さんやノラと同じく、西野《にしの》を気にかけていた男子生徒もいた。

あいつ、どうせまた一人だろうから、俺が一緒のグループになってやろうかな。そんなふうに考えて、松浦さんやノラと同じく一歩を踏み出していた剽軽者《ひょうきんもの》。けれど、彼の心温まる気遣いは、あまりにも忌々しい光景と共に裏切られた。

視線の先では松浦さんとノラ、二人に抱き着かれているフツメン。

「…………」

なんだよ、ちっくしょう。

剽軽者は敗北感を噛《か》み締《し》めて、気心の知れた友人たちの下へ戻った。

こうなると聞き捨てならないのが委員長である。

しかし、クラスのまとめ役として教壇に立っている彼女には、西野に声を掛けるタイミングがない。まさか面と向かって、それ私も参加していい？　などとは言えない。口にしようものなら、彼女の教室内における立場は容易に吹き飛ぶ。

結果として、志水《しみず》は委員長という役柄から大上段にも物申す。

「ちょっと松浦さん、学内の風紀を乱すような真似《まね》は控えてもらえる？」

「私のこと注意するなら、こっちの転校生も同じだと思わない？」

シャツの第三ボタンまで外して露出した上乳を、これでもかと西野の腕に擦り付けている松浦さん。わざわざニップレスでもつけているのか、肌との間にはブラを窺《うかが》うことができない。それと比較したらノラの行いはまだ可愛《かわい》いものだ。

しかし、志水の立場から一方を擁護することは困難を極める。

代わりに彼女はクラスの女子生徒一同の思いを代弁するように続けた。

「ノラちゃん、申し訳ないのだけれど、この国だと松浦さんみたいな人は痴女と言って、とても下品な存在なの。だから、彼女の真似をするのは控えてもらっていいかな？　その方が貴方《あなた》の為《ため》にもなると思うし」

「……わかった。控える」

「最近の委員長、マジでお喋《しゃべ》りのキレが半端ないよね」

これまでは暗黙の了解の下、クラスメイトから爪弾《つまはじ》きとされていた西野。

何を語ったところで誰も耳を貸さず、相手にされることもなかった。

しかし、最近はそうもいかない。

何故《なぜ》ならば彼の周りには、常に可愛らしい異性の存在がある。

本日も傍《かたわ》らに控えた松浦さんとノラが、彼に教室で立場を与えていた。

それればかりか居合わせた生徒たちは、意識などしたくないのに、フツメンの一挙一動が気になってしまう。何気ないやり取りの気配が目や耳から入り込んで、冷蔵庫のドアに貼り付いてなかなか取れないシール跡さながら、脳内をしつこく侵していく。

「なんだよアレ、ラブコメ漫画の主人公かよ……」

誰かが呟《つぶや》いた何気ない一言を、けれど、否定できる生徒は一人もいなかった。

◇　◆　◇

西野《にしの》のハーレムは学内に留《とど》まることを知らない。

それはある日の放課後、下校時間を迎えた学校の正門付近でのこと。帰路につく生徒たちに交じり、学校に面した通りから学内の様子を窺《うかが》う者たちの姿があった。正門脇の路上に立ち並び、敷地内を覗《のぞ》き込《こ》むようにしている。

もしそれが見知らぬ中年男性であったのなら、すぐ警察に通報されたことだろう。

しかしながら、正門付近に構えた面々は、誰もが見栄えのする美人であった。

むしろ生徒たちの方が、その姿に目を奪われてチラチラと視線を向けてしまう。取り分け、男子生徒たちからは好奇の眼差《まなざ》しが絶え間ない。誰かの姉妹、あるいはご家族がいらしたのではないか。そのような想像が向けられる。

人数は三名。

一人はスーツを着用した三十路《みそじ》前後と思《おぼ》しき人物だ。おっとりとした雰囲気の、女性的な魅力《みりょく》に満ち溢《あふ》れた肉体美の持ち主である。タイトな格好《かっこう》も手伝って、強調された胸や臀《でん》部《ぶ》が否応《いやおう》なしに人目を引いた。

一人はこんがり焼いた肌と脱色された頭髪が印象的な、ギャルっぽい格好の人物である。西野たちと大差ない年頃の女の子で、冬場にもかかわらずミニスカートにオフショルダーと、肌の露出の多い格好をしている。

一人はシャツにパーカー、ジーンズという出《い》で立《た》ちの人物。年齢は二十歳前後。デコ出しのショートボブも相まり一見しては男性的。しかし、綺麗《きれい》な顔立ちと一つ余分に外されたシャツのボタンより見える胸元が、むしろ女性らしさを強調する。

パッと眺めた感じ、年頃や趣味嗜好《しこう》もてんでバラバラに思われる三名。

本来であれば、出会うこともなかった女たち。

それが今こうして、なんの因果か行動を共にしている。

「たしかにここの学校の生徒さん、西野君たちが着てたのと同じ制服だね」

「五十嵐《いがらし》さん、あまりジロジロ見てると、警察を呼ばれちゃいませんか？」

「私ってまだ山野辺《やまのべ》さんと大差ない年頃だから、少しくらい眺めてても大丈夫だと思うんだよね。ＯＢが母校を懐かしんでやって来たとか、そういう感じに受け取ってもらえそうっていうか？　ほら、私ってサバサバ系だし」

一際身を乗り出して、学内を覗き込んでいるのがパーカーの女。他者の目も気にせず、堂々とサバサバ系を自称する彼女は以前、西野とバイト先を共にしていた人物だ。当時はメイドに扮《ふん》して彼のことを誘惑していた。

そんな彼女に注意の声をかけたのは、過去にフツメンと住まいを共にしていたシェアハウスの元住人。昨今では著しく数を減らした黒ギャルの装いに、学校の校門を行き交う生徒たちからは繰り返し視線が向けられている。

「それってもしかして、あの、私はここにいたら危ないってことじゃ……」

彼女たちの会話を耳にして、傍《かたわ》らに控えていた人物が不安げに呟《つぶや》いた。

近所の学習塾で英語の講師を務めている女性だ。塾生たちからは、澄香《すみか》ちゃん、との愛称で呼ばれている。山野辺《やまのべ》や五十嵐《いがらし》と比べると、幾分か歳《とし》が上である彼女は、二人と行き交う生徒とを見比べて肩身を狭くする。

共に西野《にしの》と出会ったことで、多かれ少なかれ人生に変化のあった者たちだ。

「う、ううん？　今のは言葉のあやっていうか、そういう意味じゃなくてさ」

「だけど、男子ばかり目で追いかけるのは、ちょっと危ないかもしれません」

自らの失言に気づいたことで、途端に慌て始めた自称サバサバ系。

一方で黒ギャルからは冷静な突っ込みが入った。

ユッキーや同世代に対してはタメ口であった山野辺だが、年上相手には丁寧語で受け答え。高校をドロップアウトして、一足先に社会人として働いているからこそ、どこぞの朴念仁とは異なり、ＴＰＯはしっかりと弁《わきま》えている。

「っ……！　わ、分かっちゃうものなのかな？」

「そういうガチなところ、完全に趣味が出ちゃってますよね、澄香さん」

「違うの、私には雄也《ゆうや》っていう相手がいるから、別にそこまでじゃなくて……」

「えっ、澄香さんってショタコンなの？」

「言わないで！　そういうことかもしれないけど、そういうのじゃないの！」

いつぞやフランシスカの上司の背任を受けて、西野と委員長が警察に追われていた時分のこと。彼らの逃避行に手を差し伸べていた三人である。その過程で互いに面識を持ち、連絡先を交換するにまで至っていた。

そうして迎えた本日、発端は自称サバサバ系からの連絡だった。

曰《いわ》く、西野君の通っている学校、知らないかな？

残る二人を含めて、三人で作成していたチャットアプリのグループにメッセージが届いた。

理由は彼女の昨今の住まいである。

先の騒動を受けて自宅を燃やされてしまった五十嵐と、これを申し訳なく感じた西野が用意したマンションの一室。当面の住まいとして伝えられていたそれは、程なくして彼女の名前で名義変更がなされた。

対象となる物件は、都心に設けられた築浅の分譲マンション。駅チカの２ＬＤＫ。地価上昇も著しい昨今では、大手企業の管理職でもなかなか手が届かない価格帯だった。自宅に送られてきた各種書類を目の当たりにして、自称サバサバ系は混乱。

これはどうしたことかと西野《にしの》に連絡を送るも、本人からは言葉少なに、この間の埋め合わせだ云々《うんぬん》、要領を得ない回答があるばかり。いよいよ恐ろしくなってきたところで、いざ本人の下を訪れんと決めた五十嵐《いがらし》である。

そこで学校までの案内を買って出た黒ギャルと澄香《すみか》ちゃん、という塩梅《あんばい》だった。

「っていうか、ニッシーがヤクザの若頭とか、それって本当なんですか？」

「山野辺《やまのべ》さんだって前に見たでしょ？　親分っぽいのに偉そうにしてるの」

「たしかに見ましたけど、でも、ヤクザっていう感じしなくないですか？」

自称サバサバ系からは、西野の背景に対して繰り返し、疑念の言葉が投げかけられる。バイト先で垣間見《かいまみ》たヤクザの親分、大野《おおの》とのやり取りは、未《いま》だ彼女の脳裏に鮮明な記憶として焼き付いていた。

からの、路頭に迷っているところを自宅に迎え入れた途端、アパート大炎上。

まさか一般人とは思えなかった。

「ぶっちゃけ、マンションとか素直にもらっておけばいいんじゃないですか？」

「だってそうしたら後で、エ、エッチな仕事とか斡旋《あっせん》されてきそうじゃん」

「ですから、ニッシーはそんなことしないと思いますけど」

細かいことは気にしない黒ギャルと、小心者の自称サバサバ系。

彼女たちのやり取りを眺めて、大人な澄香ちゃんがボソリとこぼす。

「私としてはそれよりも、贈与税の扱いが気になるんですが。五十嵐さん、納税の手続きはちゃんとしていますか？　都心のマンションとなると、結構な額がかかってくると思うんですけれど」

「それは前に、西野君の知り合いだっていう人が来てやってくれたんだよね」

「……たしかにそこまで徹底してると、ヤクザっぽい感じもしますねぇ」

「だ、だよね？　やっぱり澄香さんもそう思うよね？」

他愛《たあい》無い会話を交わしつつ学内の様子を窺《うかが》う。

するとしばらくして、目当ての人物が校門に向かいやって来た。

「あっ、ニッシーが出てきましたよ。ほら、あっちの方から」

「ローズちゃんとガブリエラちゃんは一緒じゃないんだね」

率先して声を上げる黒ギャル。

自称サバサバ系の呟《つぶや》いたとおり、共連れの姿は見られない。

そうこうしている間に、先方も彼女たちの存在に気づいた。

行く先に見慣れた顔を見つけて、西野の歩みは三人の下に向かう。

「アンタたち、こんなところで何をしているんだ？」

私服姿では中学生に間違われることも度々のフツメン。そんな彼と比較したら、年上の美人なお姉さんとして映る三人。けれど、西野《にしの》はなんら躊躇《ちゆうちよ》することなく、彼女たちに声を掛けた。それもかなりぶっきらぼうな物言いである。

居合わせた生徒たちからは、自《おの》ずと奇異の眼差《まなざ》しが向けられた。

これ絶対にお姉様方から叱られるやつだろう、と。

昨今ではクラス内はおろか、学級を越えて悪評を轟《とどろ》かすフツメンだ。学校の問題児が今度は近隣の住民を巻き込んで、騒動を起こそうとしている。などと想像したところで、一部では足を止めて、彼らに注目する生徒も出てくる。

しかし、そうした周囲の想像はすぐさま裏切られた。

「久しぶり、ニッシー！　元気してた？」

「西野君、お姉さんたちが遊びに来てあげたよ」

「こんなストーカーみたいな真似《まね》しちゃって、ごめんなさいね、西野君」

周りの生徒たちが考えていたのとは全く異なり、美女たちはとても親しげな態度で西野に接し始めた。三人とも朗らかな笑みを浮かべており、彼を待っていただろうことは、ひと目見て判断がついた。

他方、これに対して素っ気なく応じるのがフツメン。

「わざわざ足を運ばずとも、連絡の取りようなどいくらでもあると思うのだが」

平素からの突《つ》っ慳貪《けんどん》な態度を崩すことなく、圧倒的な上から目線での物言い。

年上の女性が一番嫌いそうな態度ではなかろうか。お前、それは駄目だろう、とは彼の態度を目の当たりにした皆々の寸感。次の瞬間にもお姉様たちのキレ散らかす光景が、生徒一同の脳裏には浮かんだ。

だがしかし、彼女たちはなんら気にした様子もなく彼に語りかける。

「ニッシーってば、そういうところ相変わらずだよねぇ」

「だって西野君、メールだとちゃんと相手してくれないじゃん」

「五十嵐《いがらし》さんから西野君に、どうしても確認したいことがあるそうなの」

遠巻きに様子を窺《うかが》っていた生徒たちは驚いた。

パッと見た感じ、共にフツメンとは相性が悪そうな美女三名。それが西野に対して、一方的に気を遣っているかのような光景である。そんな馬鹿なと、これを眺めていた者たちの間では動揺が走った。

ややあって、彼らの下に奥田《おくだ》さんがやって来た。

二年A組の教室でフツメンの不在を確認するや否や、駆け足で昇降口を飛び出してきた彼女である。既に自宅の場所を押さえている手前、西野の帰宅ルートは事前にいくつか想定している彼女だ。

ほんの僅かでも帰路を一緒するべく、その姿を探していた最中の出来事だ。

「に、に、西野《にしの》君、そちらの綺麗《きれい》なお姉さんたちは、どちら様なんだい？」

フツメンの前に立っていた美女たちに、奥田《おくだ》さんはひと目見て気圧《けお》された。

陰キャ極まる彼女にとっては、少なくとも外面を眺めた限り、天敵と称しても過言ではない相手だった。なんなら西野とも縁遠い雰囲気の人物たちであるからして、コミュ障の奥田さんは思わず引きつった声を上げてしまう。

「ニッシーの友達？　だったら私も同じだから、よろしくね！」

「西野君とはバイト先が同じだったんだよね。君は彼のクラスメイト？」

「あの、私だけちょっと年上だけど、別に怪しい人とかじゃなくてですね。その、なんというか、西野君とは学習塾の講師として知り合って、色々と困っていたところを助けてもらったというか……」

若干一名、周囲の視線が気になるのか、挙動不審の澄香《すみか》ちゃん。

そして、一斉に話しかけられたことで、奥田さんは脳味噌《のうみそ》がフリーズ。

「あ、えっと、その、わ、私はあの……」

「こちらは同じ学年の奥田さんだ」

代わりに西野から紹介されることになった奥田さん。

彼女はお姉様たちへペコペコと頭を下げて応じる。

美女三名と比べて多少なりとも扱いが上等な彼女は、フツメンにとってその存在が近い将来、彼氏と彼女の関係にステップアップする可能性を秘めているからだ。つい先日には首都高のカーチェイスで一気に距離を縮めた二人である。

　そんな彼の機微を即座に悟ったのが黒ギャル。

「っていうか、ニッシーってば女子の知り合い多くない？」

「そうだろうか？」

「ローズちゃんとガブリエラちゃん、それに志水《しみず》さんとも親しくしてるのに、まだ他にも仲のいい女の子がいるの？　あんまり節操なくしてると、いつか誰からも見放されちゃうかもしれないよ？」

「彼女たちとは学友の間柄に過ぎない。見放されるもなにもないだろう」

「本当かなぁ？」

　奥田さんの面前とあってここぞとばかり、他の女たちとは何もないんだアピールをするフツメン。委員長との逃避行をすぐ近くで目の当たりにした山野辺《やまのべ》たちからすれば、嘘《うそ》を言っているようにしか見えない。

　事実、当時は委員長とワンチャン狙っていた童貞だ。

　奥田さんに過去を知られてはなるまいと、西野は逃げに回っている。

　そうしていると、今まさに話題に上げられた面々がやって来た。

「あら、西野君、こんなところで随分と賑《にぎ》やかにしているじゃないの」

「どこぞで見たような顔が並んでおりますね。コレはどうしたことでしょうか」

ローズとガブリエラの二人組である。

ちなみに委員長は本日も部活動で汗を流している。帰宅部の彼女たちとは異なり、日々の運動を大切にしている彼女は、放課後のプールが欠かせない。結果として本日まで、【ノーマル】に発する騒動に巻き込まれながらも生き永らえてきた。

もしも塾を優先して部活を控えていたら、ちょっと変わっていたかもしれない志水《しみず》の日々である。

「五十嵐《いがらし》さん、西野《にしの》君に会って話したいことがあるんだってさ！」

「私と山野辺《やまのべ》さんは、ここまでの道案内をしていたの。だから別に、男子高校生を近くから見たいとか、放課後にグラウンドで汗を流している運動部の子たちが気になるとか、そういうことじゃないからね？」

ローズの手前、ニッシー呼ばわりを即座に自重した黒ギャル。

澄香《すみか》ちゃんは周囲の生徒たちから与えられる視線が気になるようで、誰も聞いていないのにアセアセと言い訳を並べ始めた。それでも好みの顔立ちの男子生徒が視界に入ると、ついつい目が動いてしまう。

「まさか、以前の件でまた何か、ちょっかいを出されたのだろうか？」

「ううん、そっちはぜんぜん大丈夫」

五十嵐が抱えていた両親の借金を巡る騒動。

過去の出来事を思い起こして語るフツメン。

これに首を振りながら、彼女は本題を口にした。

「そうじゃなくて、西野君からもらったマンション、か、返したいなって思って……」

「気に入らなかっただろうか？　それならすぐに別の物件を用意しよう」

「違う！　違うからっ！」

「そうなのか？　だとすれば他にどういった理由があるのだろうか」

「だって、あんな凄《すご》いところ、も、もらえないってば」

返却を申し出たというのに、むしろグレードが上がって返ってきそうな気配。先方からの提案に危ういものを感じた自称サバサバ系は、これ以上は勘弁して欲しいとばかり、申し訳なさそうに言う。

これがまた、一連の会話を耳にしていた生徒たちにとっては驚愕《きょうがく》の展開。

「今、マンションがどうとか言ってなかった？」「西野のヤツ、まさかあのお姉さんのこと囲ってるのか？」「いやいや、流石《さすが》にそれは無理があるだろ？」「だけど、それ以外に聞こえなかったんだけど」「都内にマンションとか、どんだけ金持ちだよ」「アイツの自宅、ボロアパートじゃなかったのか？」

西野たちのやり取りを耳にして、そこかしこで声が上がり始めた。

これを肯定するかのように、ローズから非難がましい物言いが上がる。

「あらぁ、マンションに愛人を囲っていたなんて、貴方《あなた》も意外と節操ないのねぇ」

「コレは初耳です。我々に知ラレず出入リしていたとは、なかなかやリますね」

ガブリエラからも、もう少しちゃんと話をせぇと、暗に催促が入った。

フツメンからすればとんでもない詭弁《きべん》だ。

奥田《おくだ》さんの面前、まさか勘違いされては大変なこと。

「勘違いしないで欲しい。焼けてしまったアパートの代わりを提供しただけだ」

「それを世の中では、女を囲っている、と言うのではないかしら？」

「言いがかりは止《や》めてもらおう。手配はすべて他所《よそ》に任せている。こうして話題に上がった物件に、自身が足を運んだことは一度もない。このような話題を人前ですることは、彼女にも迷惑がかかる。自重するべきだろう」

「西野五郷《にしのごきょう》、随分と必死に感じラレますが」

「アンタの気の所為《せい》だろう？　ただ事実を述べたまでだ」

ガブちゃんからの鋭い指摘。

西野は必死さをひた隠しつつ平然を装う。

「あの、西野君。こっちは別に迷惑なんかしてないけど」

「だとすれば、後腐れなく受け取ってもらえると助かる。こちらからすれば、ほんの小遣い程度のものだ。アンタがどのように考えたのかは知らないが、気にすることはない。なんなら売り払ってくれても構わない」

「う、売るって、そんなことしないから！」

つい先日には、近隣に見られる似たような不動産の価格帯をネット上で調査。そこに並んでいたお値段に驚き慄《おのの》いていた五十嵐《いがらし》である。ここを売り払ったら、普通に老後まで生活していけそうだよ、とかなんとか。

そんな体たらくであるから、段々とじれったく感じ始めたのが黒ギャル。

「西野君もこう言ってるし、素直にもらっておけばいいんじゃないですか？」

「だけど……」

「五十嵐さんの人生で、都内の高級マンションに住む機会なんて、これを逃したら一度も来ないかもしれませんよ？　それこそエッチな仕事を頑張るっていうのなら、話は別かもしれませんけど」

「山野辺《やまのべ》ちゃん、意外とズバッと物事言うよね」

「サバサバ系なら、サバサバ系っぽく対応してみせたらいいと思います」

「うっ……」

「っていうか、ここで部屋を返したら五十嵐さん、明日からどこに住むんですか？」

「…………」

そう言われると、ぐぅの音も出ない五十嵐《いがらし》だった。

引っ越し資金もままならず、即日で路頭に迷う羽目となる。

知り合い一同からジッと見つめられることしばし。

彼女は数秒ほど悩んだところで、観念した面持ちとなり呟《つぶや》いた。

「返しに来たところ申し訳ないけど、身の回りが落ち着くまで借りててもいい？」

「こちらこそアンタには助けられた。当時の状況を思えば当然の報酬だろう」

「……ありがとう、西野《にしの》君」

どうやら納得したらしい自称サバサバ系。

最終的には大人しくなり、西野の物言いに小さく頷《うなず》いて応じた。

周囲からすれば、これがまた面白くない光景だ。

フツメンが年上の美人を手玉に取っているかのようである。実際に取ってしまっているのだが、事情を知らない面々にとっては、どうしてコイツがと、なんの取り柄もないだろう冴《さ》えない男子生徒に疑念が尽きない。

「ところで西野君、これから帰宅かな？」

「ああ、そうだが……」

「だったら皆で遊びにいかない？　私、仕事が休みだから暇なんだよね！」

五十嵐が下がったことで、即座に黒ギャルから声が掛かった。

彼女にとってはむしろ、こちらが本題である。

「ローズちゃんとガブリエラちゃん、それに奥田《おくだ》さんだっけ？　みんなで一緒にパーッと楽しもうよ。ここのところ仕事がキツかったから、気分転換したいの。あっ、五十嵐さんと澄香《すみか》さんも、もしよければ是非なんですけど」

ニコニコと笑みを浮かべながら、皆々を一巡するように見つめて言う。

すると、即座に反応を見せたのがガブちゃんである。

「でしたラ、カラオケなどどうですか？」

「カラオケなんて前にも行ったじゃないの」

「なんでもコンセプトルームという、内装にこだわった設備があルと聞きました。なかには足湯が設けラレていルような部屋もあルそうです。せっかく日本に住んでいルのですから、ご当地の文化を味わってみたいとこロです」

「それって楽しいのかしら？」

ローズからはすぐさま非難の声が上がった。

できれば真《ま》っ直《す》ぐに帰宅して、自宅のシェアハウスで西野との時間をゆっくりと楽しみたいところ。けれど、本日に限っては多勢に無勢である。ガブリエラが興味を示したところで、すぐに他から声が上がった。

「だったら広めのホテルとかどうかな？　カラオケ以外にも色々とあるし」

「あら、山野辺《やまのべ》さん。それはどういった意味かしら？」

「意外と皆、遊びに使ってたりするよ？　ローズちゃんたちはそうでもない？」

「……そうなの？」

黒ギャルからの提案に首を傾《かし》げるローズ。

彼女の疑問に答えたのは五十嵐《いがらし》である。

「たしかに女子会とか、ホテルでやる子たちもいるって聞くよね」

「五十嵐さんも経験があるのかしら？」

「私の場合はほら、サバサバしてるから？　そういうのは苦手っていうか」

学生の頃からサバサバ系を自称していた彼女は、生まれてこの方、碌《ろく》に女子会に招かれた経験がなかった。しかし一方で、異性との交流には恵まれたことから、現地でその手の利用者を見かけることは多々あった。

「なルほど、そレは興味深いですね。私は彼女の意見に賛成します」

「ちょっと貴方《あなた》、何を勝手に決めようとしているのよ」

ローズとしては、ホテルという響きが気になって仕方がない。その手の施設に入り慣れたら童貞が、ヤリチンに目覚めるのではないかと、妙なことを危惧している。なにより他の女が一緒、というのがよろしくない。

だがしかし、今回はいいように使える味方、委員長も不在。これまでは彼女を巻き込んで多少強引にでも話を進めてきたが、本日に限ってはそれも叶《かな》わず、逆に黒ギャルや自称サバサバ系と同調したガブリエラが優勢。

「そういった場所は、制服で入っても大丈夫なのだろうか？」

「私が知ってるところ、無人受付だから意外とイケるんだよね」

「そういうものなのか」

黒ギャルの説明を耳にして、西野《にしの》は素直に頷《うなず》いて応じた。

直後には、その視界に奥田《おくだ》さんの姿が映る。賑《にぎ》やかにする女性陣の傍《かたわ》ら、隅っこで小さくなっていた彼女だ。出会い頭に挨拶を交わしたのも束《つか》の間《ま》、美女三名の勢いに押されて、早々縮こまってしまった陰キャである。

そこでここぞとばかり、フツメンは彼女に向かい尋ねた。

「奥田さん、奥田さんはどうだろうか？」

「え？　あ、えっと、私？」

「ああ、決して無理にとは言わないが」

「に、西野君が行くのなら、私も一緒に行きたいな、とか……」

「そういうことであれば、自分たちも一緒させてもらうとしよう」

奥田さんがキョドりつつも頷いたところで状況は決せられた。

最近気になっている同級生と、他の女友達も交えてホテルでカラオケ大会。青春大好き野郎にとっては、これまた魅力的な放課後の過ごし方だった。なんならこの機会にホテル設備の使い方を学んでおこう、などと意識高く構えている。

結果、黒ギャルと自称サバサバ系、ガブリエラ、奥田《おくだ》さん、西野《にしの》が賛成に回った。こうなるとローズ一人が反対したところで、イベントの実施は免れない。だったら野放しにするよりも、すぐ近くで監視するべきかと、彼女は意識を切り替える。

「仕方がないわね。そういうことなら後学の為《ため》にもご一緒させて頂くわ」

「そのような機会、お姉様に訪レルことがあルのでしょうか？」

「貴方《あなた》、いつか本気で殴るわよ？」

ローズが折れたことで、放課後の予定は決定である。

一際いい笑顔になった山野辺《やまのべ》が元気良く言った。

「それじゃあ、賛成多数で決定だね！」

「悪いが、山野辺には道案内を頼みたい」

「そりゃもう言い出しっぺだもん。ドンと任せてよ！」

西野に言われて、黒ギャルが進路を取る。

彼女に促されるがまま歩み出したフツメン。

すると、彼の周りを囲うようにゾロゾロと美女、美少女が連なる。上はアラサーの美魔女から、下は得体の知れないブロンド女児まで。少なくとも黙っていれば見目麗しい女た

ちが、どこにでもいそうな冴《さ》えない少年を中心にワイワイとしている。

遠巻きに眺めていた生徒たちは我が目を疑うばかり。

そうした中には、西野《にしの》が所属する二年A組の生徒たちも見られた。

「西野のヤツ、やっぱり最近おかしくない？」「あんな美人がどうして西野なんかと仲良くしてんだよ」「ギャルっぽい子、絶対に趣味合わないと思う」「スーツ着てる人とか、完全におねショタじゃん」「ホテルってマジかよ……」「これもうハーレムで確定だろ」「なんだろう、この圧倒的な寝取られた感」「俺もDKの内におねショタしたい」

それは彼らの常識を打ち砕くのに、十分な代物だった。

頑《かたく》なに信じてきた学内カーストという絶対のルールが、西野のせいで崩れていく。つい先日にも崩壊させられていた委員長のみならず、他のクラスメイトたちの間でも、ガラガラと音を立てて、学内の秩序を守っていた規則が失われていく。

その先に控えている出来事を、彼らはあまり待つことなく知る羽目となる。

〈二年A組〉

日々刻々と拡大していく西野のハーレム。

人前でイチャつく童貞。

教室を共にしている手前、クラスメイト一同は否応《いやおう》無しに、フツメンとハーレム要員の交流を魅せつけられる羽目となる。下に見ていた人物が多数の女子に囲まれて楽しげにしている姿は、カースト中層以下の男子からすれば法界悋気《りんき》はやむなし。

こいつもうヤッたんじゃないか。

疑心暗鬼が二年A組の非モテたちの間では膨らんでいく。

だからだろう、西野の姿に触発された一部の男子生徒に動きが見られた。

それはある日、昼休みを迎えて間もない時間のことだった。授業の終了を知らせるチャイムが校舎内に響く。生徒たちは思い思いの場所に散っていく。多くは友達と共にお弁当を広げたり、学食に向かったり。

その只中《ただなか》で男子生徒の一人が、女子生徒に声を掛けた。

「石橋《いしばし》さん、あの、ちょっといいかな?」

「なに? 堀《ほり》君が私に話かけるなんて、珍しいね」

「お昼なんだけど、もしよかったら一緒に学食とか行かない？」

「えっ……」

緊張した面持ちで声を掛けた前者。これに対して誘いを受けた後者の表情は、驚きからピシリと固まった。直後には苦虫を噛《か》み潰《つぶ》したような面持ちとなり、返事を待っている彼に対して言った。

「ごめん、いきなりそれは無理でしょ」

「っ……そ、そうだよね。変なこと言っちゃってごめん」

「っていうか、人前でそういうの勘弁して欲しいんだけど」

西野《にしの》ほどではないが、近くにいた生徒からは多少なりとも彼らに注目が向かう。二人と交友がある生徒ほど顕著だ。それが気に入らなかったのか、石橋《いしばし》さんは非難するような眼《まな》差《ざ》しを堀《ほり》君に向ける。

お昼休みを迎えて間もない教室が、ちょっと嫌な雰囲気に包まれた。

それもこれも西野のせいである。

誰もが理解していた。

何故《なぜ》ならば今もフツメンの机の周囲には、奥田《おくだ》さんとノラの姿が見られる。昼休みの始まりを知らせるチャイムが鳴ると共に、すぐさま同所を訪れた二人だ。奥田さんに至ってはＣ組からの来訪である。

しばらく待てばお弁当を携えたローズが、ガブリエラと共に顔を見せることだろう。

「うん、本当にごめん……」

「学食、一人で行けば？」

「……そうだね。ごめん。そうするよ」

撃沈した堀君は謝罪を繰り返しながら、逃げるように教室から出ていった。

堀君は学内カーストも中間層。西野と同様、凡庸な顔立ちをしている。これといってスポーツや勉学に秀でていたりもしない。情報処理部に所属しており、コンピュータの扱いに長《た》けているが、女子からすれば陰キャのレッテルは免れない。

一方で石橋さんは同じく中間層であるも、オシャレや化粧が大好きな、それなりに華やかな装いの女の子だった。当然ながら自尊心も相応のものを抱えている。先週には、奥田さんのことを弄《いじ》っていた女子グループの中心的な人物でもある。

堀君の姿が見えなくなったところで、石橋さんは仲のいい友達と言葉を交わす。

「石橋さん、災難だったね」「流石《さすが》に堀はないでしょ、堀は」「告るにしても、相手を選んで欲しいよね」「マジ、堀とか絶対にあり得ないから」「今のもそうだけど、西野とか金子《かねこ》とか、一部の男子がウザくない？」「言えてる」

数名の女子生徒が、石橋さんの机を囲んでキャッキャとし始めた。

堀君に向けていた顰《しか》めっ面もどこへやら。

各々お弁当を広げて楽しそうにランチタイムである。

そうした彼女たちの姿を遠巻きに眺めているのが、堀《ほり》君と普段から行動を共にしている数名の男子生徒。同じく教室内でお昼ご飯を食べようとしていた彼らは、廊下に消えていった友達を思って言葉を交わす。

「たしかに堀のやつも頑張り過ぎたけど、今のは言い過ぎじゃね？」「だよな？ 別に告った訳でもなく、学食に誘っただけじゃん」「っていうか、堀がいなくなったあとのやり取り、流石《さすが》に可哀想《かわいそう》でしょ」「西野《にしの》や金子《かねこ》とか、全然関係ないし」

すると、彼らのやり取りが耳に届いたのだろう。

石橋《いしばし》さんが男子グループを睨《にら》むようにして言った。

「そこの男子、言いたいことがあるなら面と向かって言いなよ」

「…………」

教室の雰囲気がまた少し悪くなった。

それなりに華やかな装いの石橋さんからすれば、男子はイケメン以外、自分より下という認識である。そして、堀君の仲良しグループは誰もが彼と同様、学内カーストでは中間層に位置する凡庸な男子生徒であった。

自然と石橋さんの口調も厳しいものになる。

悪いのはクラスメイトの前で声を掛けてきた堀君だと信じて止《や》まない。

　そして、教室内で女子と面倒を起こした男子は、カースト上位の男子グループから非難されるのが目に見えている。言い争ったところでイケメンに活躍の場を与えるばかり。自分たちには何の旨味《うまみ》もない。言われるがまま大人しくなるのが常。

　しかしながら、本日の彼らは少しばかり意識が高くなっていた。

　何故《なぜ》ならばクラス内、自分より遥《はる》か下に見ていたフツメンがハーレム。どうして西野のやつが、などと考えたのなら鼻息も荒くなる。自らの内に募った意見も溢《あふ》れ出す。その上、彼らには友人の面目という大義名分があった。

　結果、堀君と石橋さんの個人的な問題は、男女のグループ間の諍《いさか》いに発展。

「それじゃあ言わせてもらうけど、石橋さん、今のはちょっと酷《ひど》いと思う」「堀のやつも悪いとは思うけど、追い打ちをかけるような真似《まね》、クラスメイトの前でするのは可哀想じゃね？」「わざわざ友達と一緒になって侮辱する必要あった？」

「はぁ？　なにそれ、私が悪いって言うの？」

　格下に見ていた男子一同からの予期せぬ反発。

　石橋さんの眉間にはシワが寄った。

　教室内では彼らのやり取りを目の当たりにして、生徒たちの間でヒソヒソと言葉が交わされ始める。そうした内の一つが、彼女の耳にまで届けられた。それはクラス内でもカースト下層に位置する男子グループの会話だ。

「今のを見ちゃうと、修学旅行中のローズちゃんとガブリエラちゃん、マジ神対応」「それな。断られたのに清々《すがすが》しい気分っていうか」「むしろ、いい思い出？」「くそぉ、俺も二人に告っておけばよかった」「せめてどっちかにしろよ」「今から行ってくれば？」

これが存外のこと石橋《いしばし》さんのプライドを刺激した。

クラスメイトの目も憚《はばか》らず、ついつい口調を荒らげてしまう。

「そこの男子、だから、言いたいことがあるなら面と向かって言いなよ！」

「いや、石橋さんがどうっていう訳じゃなくて……」「そ、そうそう、ローズちゃんとガブリエラちゃんのことを話してただけだから」「俺、今から二人に告ってくるよ」「ちょ、自分だけ逃げるとかズルい」「だから、どっちか一人にしろよ」

カースト下層の男子グループは大慌てで弁明。

自分たちにまで飛び火しては堪《たま》らないと言わんばかり。

そんな体たらくであるから、騒動を外野から眺めていた竹内《たけうち》君は思った。

おい、止《や》めろ、西野《にしの》が会話に首を突っ込む機会を窺《うかが》っているぞ、と。

すぐ近くではリサちゃんも同様に危惧していた。

せめて西野君が教室を出ていってから始めてくれないかなぁ、みたいな。

この状況でフツメンが出張ったのなら、話が面倒な方向に拗《こじ》れるのは目に見えている。

過去には１１０番通報の一歩手前まで至っていた二年Ａ組だ。最終的には志水《しみず》の仲良しグループ三名が転校を余儀なくされている。

そして、こういうときに誰よりも活躍すべき委員長は、学食での椅子取り合戦に向けて、既に教室を出発していた。今日は絶対に同じテーブルに着いてやるのだからと息巻いて、本人よりも先に現地入りである。

「まさか私のこと馬鹿にしてる？　ねぇ、馬鹿にしてるの？」

カースト下層の男子生徒に絡んだことで、引くに引けなくなった石橋さん。

彼女の唸《うな》るような声が教室に響いた。

これを契機として、西野がおもむろに椅子から立ち上がる。

その眼差《まなざ》しはしっかりと、荒ぶる石橋さんを見つめていた。

これには彼女の仲良しグループも大慌て。

「い、石橋さん、ちょっと落ち着こうよ！」「そうだよ、いちいち相手にすることないじゃん？」「女子に相手にされないからって、一方的に僻《ひが》んでるだけだよ」「ローズちゃんやガブリエラちゃんが、アイツらのこと相手にする訳がないし！」

フツメンの傍《かたわ》らには、松浦《まつうら》さんまでもが控えている。

石橋さんたちを眺めて、意地の悪そうな笑みを浮かべている。

下手をすれば石橋さん本人のみならず、仲良しグループが揃《そろ》って大炎上しかねない。過去にはカースト最下層に落ちた松浦さんのことを、右へ倣えで苛《いじ》めていた面々である。報復するには絶好の機会だと、彼女たちも重々承知していた。

そうした頃合いの出来事である。

廊下からバタバタと忙《せわ》しない足音が聞こえてきた。

「おい、皆、ニュースだ！　ニュース！」

二年A組の剽軽者《ひょうきんもの》こと、荻野《おぎの》君である。

休み時間が始まるや否や、トイレに立っていた彼だ。

教室に足を踏み入れた荻野君は、声も大きく言い放つ。

「今日の放課後、来栖川《くるすがわ》アリスがうちの学校に来るらしい！」

普段と比較して喧騒《けんそう》も控えめであった二年A組に、剽軽者の元気いっぱいな声が響き渡った。しかし、それも束《つか》の間《ま》のこと。彼は教室内の雰囲気に気づいて、すぐさま声を潜める羽目となった。

「って、なにこのピリピリした空気……」

他方、教室にいた生徒たちにしてみれば、絶好のタイミング。

ここぞとばかりに竹内《たけうち》君が声を上げた。

「それマジ？　ちょっと話を聞かせてくれよ、荻野！」

「え？　あ、うん。廊下で教師が話をしてたんだけど……」

こうなると教室の話題は、剽軽者が持ち込んだニュースに決定である。

竹内君を中心とした男子グループが率先して荻野君の下に向かう。リサちゃんを中心とした女子グループも、これに合わせて声を上げ始めた。石橋《いしばし》さんたちのグループや、彼女たちと言い合っていた男子のグループは静かにならざるを得ない。

荻野、よくやった。

居合わせた生徒は誰もが、剽軽者の働きに胸中で喝采した。

◇◆◇

同日、以降は何事もなく過ぎて、帰りのホームルームが終えられた。

担任の大竹《おおたけ》先生が教室を去ったことで、賑《にぎ》わいを増した二年A組。部活動に向かう者や帰宅を急ぐ者に交じって、そこかしこで雑談を交わす生徒たちの姿が、男女を問わず見て取れる。主に話題に上がっているのは、本日の放課後の過ごし方。

これは西野《にしの》も例外ではない。

休み時間のみならず放課後にも、彼の周りには女子の姿が見られた。

ホームルームが終わり教室が開放されるや否や、クラスを同じくするノラが帰り支度を整えてやってくる。直後にはローズとガブリエラ、それに奥田《おくだ》さんの三名が教室を訪れて、フツメンの席を囲んだ。

「ニシノ、家に帰る。途中まで一緒に帰ろう」

「あぁ、分かった」

「西野《にしの》君、君はボウリングに興味はあるかい？」

「経験はないが、それがどうしただろうか？」

「本日の放課後だが、差し支えなければ一緒にどうかと思ったのだが」

「なるほど、それは素敵な意見だ。奥田《おくだ》さん」

「ボウリングですか。私も知識はありますが、実際に遊んだ経験はありませんね」

「玉を転がしてピンを倒すだけでしょう？　あの行為の何が面白いのかしら」

「そレならラお姉様は抜きで、三人で遊びに出かけルとしましょう」

「ちょっと待ちなさい。別に行かないとは言っていないのだけれど」

「奥田さんはボウリングが得意なのだろうか？」

「得意というほどではないが、以前、仕事の付き合いで触れる機会があってね」

一年生の頃から日々孤独に過ごしてきた奥田さん。そんな彼女が胸を張って口にできる数少ない趣味だった。直近のアベレージは百八十。なんなら自宅にはマイボールが転がっている。カラオケなどと比較して、一人遊びのハードルが低かったが所以《ゆえん》である。

直後には松浦《まつうら》さんからも声が掛かった。

「西野君、ボウリングに行くなら私も一緒にいい？」

「それは構わないが、どういった風の吹き回しだろうか？」

「レッスンまで時間があるから、少し暇を潰したいんだよね」

「そういうことか。だったら場所は渋谷まで足を延ばすとしよう」

女子生徒ばかり五人に囲まれて、西野は席から腰を上げた。

相変わらずのハーレムっぷりである。

これにはカースト上位の男子生徒も嫉妬せざるを得ない。

「っ……」

ただ一人、流れに乗り損ねた委員長が慌て始めた。

本日は部活動が予定されている志水《しみず》だから、帰宅部である彼らに合流する上手《うま》い理由が思い浮かばない。そして、彼女から少し離れたところでは、もどかしそうにする委員長の姿を、リサちゃんが切なげな面持ちで見つめている。

そんな香囲粉陣も極まりない光景を目の当たりにしてだろう。

教室を共にしていた男子生徒の一人が、覚悟を決めた面持ちで呟《つぶや》いた。

「やっぱり、俺、行ってみるわ」

「おい、止《や》めとけって。行くにしてもタイミング最悪じゃん」

「昼休みのごたごた、まさかもう忘れちゃったのかよ？」

すぐ近くに集まっていた二人と合わせて、カースト下層にある男子三名のグループだ。

本日の昼休み、堀《ほり》君と石橋《いしばし》さんの騒動に際して、後者からとばっちりと受けていた面々でもある。そのうちの一人が、仲間から離れるように一歩を踏み出した。

歩みが向けられた先には、同じくカースト下層の女子グループ。

その傍《かたわ》らまで移動したところで、彼は内一人に声を掛けた。

「村井《むらい》さん、ちょっといい？」

「え、な、なに？　谷口《たにぐち》君」

「さっきの休み時間、アニメの話をしてるのが聞こえたんだけど」

「うん、してたけど……」

「村井さんが語ってた作品、俺も最近ハマってて、も、もしよかったら一緒にカラオケ行かない？　どうしても歌いたいキャラソンがあるんだけど、知っている人と一緒に楽しみたいっていうか、そういうのに憧れてて」

昼休みに引き続き、女子生徒にアプローチする男子生徒が発生した。

堀さんと石橋さんのやり取りから、ひと悶着《もんちゃく》あった直後ということも手伝い、居合わせた生徒からは一斉に注目が集まった。西野《にしの》も廊下に向かわんとしていた足を止めて、谷口君と村井さんを振り返る。彼に付き従っていた五名も同様だ。

そうした只中《ただなか》でのこと。

数秒ほどの間を置いて、村井さんは呟《つぶや》いた。

「う、うん、それじゃあ一緒に行っちゃう？」

「え？　本当にいいの？　俺なんかと一緒で……」

「その代わり、後ろの二人も一緒にどうかな？」

「コイツらも？」

「私もこっちの二人と一緒に行くから」

谷口君が後ろを振り返ると、そこには彼を必死に引き止めていた男子が二人立っている。

彼らを視線で示した村井さんは、次いで、自身のすぐ近くに集まっていた女子生徒二人を同様に示した。

彼女たちは一瞬、驚いた様子を見せる。

しかし、すぐに小さく頷《うなず》いて応じた。

ニコリと笑顔のおまけ付き。

「本当にいいの？」

「喪女でも一度くらいは、男子とカラオケとか経験してみたいし」

男子生徒たちの間でも、コクコクと頷き合う仕草が見られた。

どうやら双方共にグループの了承が得られたようだ。

こうなると男子側も盛り上がりを見せる。

「そ、それじゃあ是非ともお願いします！」

意思疎通はあっという間だった。

男子一同、女子グループに向けてお辞儀をしてのお誘い。

穏やかに笑みを浮かべた女子三名からは、改めて快諾が与えられた。

カースト上位からすれば、微笑《ほほえ》ましいにも程があるやり取りだ。お前ら中学生かよ、と喉元まで上がった突っ込みを危ういところで飲み込んだ生徒が多数。教室内の秩序を案じていた竹内《たけうち》君やリサちゃん的には、円満な光景にホッと一息。

足を止めていた西野《にしの》も、これを確認したところで再び歩みを教室外へ向ける。

見る者に不快感を与え続けている彼のハーレムとは雲泥の差である。

けれど、中にはこれが面白くない生徒もいた。

「今のキモくない？　堀《ほり》もそうだけど、非モテのアピールとかマジ勘弁でしょ」

石橋《いしばし》さんだ。

自席で仲良しグループと話をしていた彼女は、楽しそうにする彼らを眺めて、グループ内の女子に呟《つぶや》いた。昼休みの絡みを思い起こして、自然と口をついて出てしまったようだ。

素直に応じた村井《むらい》さんの行いさえ、当て付けのように感じてしまっていた。

これが胸の内に抱いた憤怒も手伝い、思いのほか響いてしまった。

仲間内はおろか、本人たちの下まで聞こえてしまう。

「村井さん、行き先は歩きながら決めるってことで……」

「そ、そうだね」

空気を読んだ谷口君《たにぐち》は、すぐさま教室から出ていこうとする。

村井さんたちも素直に頷《うなず》いた。

カースト下層を担う彼らの教室内での立場は、吹けば飛ぶような儚《はかな》いものだ。

すると今度は、別所から反応が見られた。

「石橋さん、俺のことを馬鹿にするのは構わないけど、谷口君や村井さんたちのことを悪く言うのは止《や》めませんか？　他人に対してキモいとか、言葉の暴力じゃないですか。普通に使っていい言葉じゃないよ」

本日の昼休み、石橋さんを学食に誘っていた堀君である。

部活動に向かうべく席を立ったところ、石橋さんの発言が聞こえた次第だった。クラスメイトの面前、彼女にこき下ろされたことで、教室内での立場を危ぶんでいる彼としては、先方の立場を下げつつ、自らのポジションを上げる絶好の機会である。

想定外の人物からの反撃に石橋さんは驚いた。

それでも自らの優位を確信してか、先方を煽《あお》るように発言。

「私のこと気になってた癖に、そういうこと言っちゃうの？」

「それとこれとは話が別だと思う。あと、今の発言で石橋さんには幻滅したよ」

「っ……」

堀《ほり》君の発言を耳にして、石橋《いしばし》さんの表情が苛立《いらだ》ちに歪《ゆが》む。

啀《いが》み合《あ》う二人の姿を確認したことで、クラスメイトからは注目が向けられた。そこかしこから響いていた喧騒《けんそう》も鳴りを潜める。これは西野《にしの》たちも例外ではない。廊下に向かわんとした足を再び止めて、彼らを振り返った。

昼休みにも増して危うい雰囲気が感じられる堀君と石橋さん。

そして、こういうときこそ出番の委員長。ランチタイムには不在であった彼女に、クラスメイトからチラホラと視線が向けられる。ハァとため息を吐《つ》いた彼女は仲裁に入るべく、彼らに向かって一歩を踏み出した。

「ちょっと二人とも……」

「堀もさぁ、いちいち噛《か》み付《つ》くのは止《や》めとけよ。相手は女子なんだから」

すると志水《しみず》の口上を遮るようにして、別所から声が上がった。

委員長に格好《かっこ》いいところを見せようと考えた鈴木《すずき》君である。部活動前の時間、竹内《たけうち》君と駄弁《だべ》っていた彼は、意気揚々と二人に向き直った。相手は共に学内カーストも格下。その事実を理解して、彼はしたり顔で訴える。

「そういうの決まらないっていうか、男子としては格好悪いじゃん？」

本来ならその一言で、堀君は黙りそうなもの。

クラス内では竹内君の次に格好良く、竹内君の次に立場のある鈴木君だ。

彼に表立って反論できるような生徒は、この教室にはほとんどいない。

しかし、本日はその限りではなかった。

堀君は喉を震わせながらも、必死になって鈴木君に物申す。

「噛み付いてなんかいないよ。ただ、これからも同じようなことを教室内で繰り返して欲しくないだけ。あと、女子だから無条件で許すっておかしくない？　鈴木君にはそのほうが旨味《うまみ》があるのかもしれないけど」

「はぁ？　お前、今なんつった？」

予期せぬ反論を耳にして、鈴木君の顔から笑みが消えた。

まさか格下の男子から噛みつかれるとは思わなかった彼である。

ところで、こうなると楽しくて仕方がない女がいる。

そう、松浦《まつうら》さんだ。

「たしかに鈴木からすれば、クラスの平和を守るって大義名分を掲げつつ、女子のポイントも稼げて一石二鳥だよね。堀から恨まれたところで、別に痛くも痒《かゆ》くもないだろうし？　あっ、もしかして委員長から石橋さんに乗り換えたとか？」

率先して火に油を注いで行くスタイル。

ニヤニヤと人の悪そうな笑みを浮かべて、鈴木君に語りかけた。教室内の人間関係がどうなろうと、彼女の知ったことではない。むしろ、人間キャンプファイヤーを間近で楽しむべく、せっせと薪《まき》を焚《く》べる。

「いやいやいや、そんなことないから！」

お前もう死ねよ、危うく出かかった心の叫びをどうにか引っ込めて、鈴木《すずき》君は否定の声を上げる。女子の立場をヨイショした手前、同じく女子である松浦《まつうら》さんを叩《たた》いては、それこそ本末転倒のイケメンである。

そして、カースト中層以下の男子生徒、非モテ層からすれば、これがまた痛快に感じられた松浦さんの発言だ。ことの成り行きを見守っていた彼らは、ああだこうだと教室の各所で寸感を交わし始める。

「堀《ほり》の言うとおり、女子だから許されて、男子だから許されないって変だよね」「女子のポイントを稼ぎたいっていう思いは分かるけどさぁ」「やり玉に上げられた方は堪《たま》ったもんじゃないよな」「松浦さんの言うとおり、今のはちょっと露骨だったよね」

するとと今度は一部の女子生徒から、鈴木君を擁護する声が上がった。

男子生徒と同様、遠巻きにざわざわと意見が届けられる。

「石橋《いしばし》さんに振られた堀君が逆ギレしてるだけじゃん」「だよね？　鈴木君の言うとおり、めちゃくちゃダサいし」「そんなだから女子にモテないって分からないのかな」「女子のポイントを稼ぐとか、別に悪いことじゃなくない？」

彼女たちの発言に勢い付いてのことだろう。

石橋さんが言った。

「松浦さん、西野《にしの》のハーレム要員の癖に何様のつもり？」

おい止《や》めろ、と鈴木君は思った。

そっちは手を出したらいけないヤツだ、と。

ここぞとばかりに笑みを深くして、松浦さんは口を開いた。

「石橋さん、それってローズさんやガブリエラさんのこと悪く言ってる？」

「えっ……」

皆々の注目が西野のハーレム要員に向かう。

そこには彼のすぐ傍《かたわ》ら、仲良さそうに並び立った二人の姿がある。転校から間もないノラや、フツメンと同様にカースト下層を漂う奥田《おくだ》さんはさておいて、ローズとガブリエラは学内でもトップカーストに位置する。

彼女たちの姿を視界に収めて、石橋さんは続く言葉に詰まった。

したり顔で問うてきた松浦さんに、しまったとばかり身を強張《こわば》らせる。

すると話題に上げられたガブちゃんは、二人に対して飄々《ひょうひょう》と応えてみせた。

「私は別にハーレム要員でもコレといって構いませんが」

本人は素直に現状を伝えたつもりだった。

しかし、両者の関係を知らない石橋さんにしてみれば、真正面から皮肉を返されたようなもの。お前、文句があるなら言うてみぃよ、と。続けざまにローズからも、窘《たしな》めるような言葉が与えられる。

「他者の交友関係を一方的に貶《おとし》めるのはどうかと思うけれど」

火の手は教室内を巡り、遂《つい》には西野《にしの》の手前までやってきた。

このままでは更なる延焼も免れない。

焦った委員長が大慌てで会話に割って入る。

「ちょっと待った、西野君はこれまでのやり取りとは関係ないでしょ？　たしかにここのところ賑《にぎ》やかにしてるけど、誰かに迷惑をかけたりしてる訳でもないし、ローズさんやガブリエラさんとは住まいが同じだから仲良くしてるだけだし」

心なしかフツメンを庇《かば》うような語りっぷりである。

これには居合わせた生徒も、おやっと思った。

以前までの委員長なら、もっとフツメンを下げたのではなかろうかと。

「皆も、色々と思うところがあるとは思うけど、教室で言い合うのは止《や》めない？　なんだったらチャットのグループとか作って、そこで議論とかしたらいいと思うんだよね。その方が建設的に話し合えると思うし」

石橋《いしばし》さんとしても、ローズやガブリエラまで巻き込むのは避けたかった。彼女たちの後ろにはB組の生徒が控えている。騒動が他クラスまで伝わりかねない。けれど、このまま身を引いたのでは、松浦《まつうら》さんにしてやられた形となってしまう。

そこで彼女は委員長の存在に活路を見出《みいだ》した。

「だけど委員長だって、前にリサちゃんと賑やかにしてたじゃん」

「うっ……」

巻き込まれた人間が多ければ多いほど、彼女の失態は薄まる。

死なば諸共《もろとも》の精神。

そして、このように言われると弱ってしまうのが志水《しみず》である。実際問題、クラスを賑わせてしまった経緯がある。過失の所在は彼女の友人一同にあったが、本人が関わっていたことは否定できなかった。

そこで委員長は助けを求めるよう、リサちゃんに視線を送った。

普段であれば、すぐさまフォローが入ったに違いない。

けれど、本日のリサちゃんはいつものリサちゃんと少し違っていた。

連日にわたり西野に意識を向けて止まない志水。なにかにつけてフツメンにチラチラと視線を送っていた。今しがたも彼を庇うような台詞《せりふ》を口にしていた。その振る舞いに嫉妬心を覚えたリサちゃんである。

だからだろう。

本来ならクラスの平和を守るべきシーン。

それでもリサちゃんは、自らの思いに素直になってしまった。

「委員長、やっぱり西野《にしの》君のことが気になってない？」

「っ……」

愛欲に負けたリサちゃんから、志水《しみず》に追及が走る。

この場を利用して、愛《いと》しい彼女の胸の内を確認しようと考えたようだ。委員長からすれば、後ろからグサリと刺されたような気分である。事実、図星をつかれた彼女は、顕著に表情を変化させていた。

傍目《はため》にも、こいつは何かあるぞ、と思わざるを得ない驚愕《きようがく》の面持ち。

「い、委員長っ⁉　まさか、そんな訳ないよな？」

「志水さん、今のリサさんの発言は本当なのかしら？」

いの一番に声を上げたのは鈴木《すずき》君である。

矢継ぎ早にローズからも確認の声が上がった。

堀《ほり》君と石橋《いしばし》さんのやり取りとは、もはや何ら関係がない。けれど、周囲はそうした彼女の発言に見事喰《く》い付いた。教室内に残っていた生徒たちの注目は、誰一人の例外なく委員長に向けられる。

「か、勘違いしないでよ。わたし、そんなことは……」

「西野、まさかお前、委員長のこと脅してたりするんじゃねぇだろうな⁉」

ただでさえ堀君との口論で気が立っていた鈴木君である。

委員長の立場まで話題に上がったことで、語気も荒く吠《ほ》えてしまう。そして、竹内《たけうち》君が爽やか系のイケメンである一方、鈴木君は野性味の感じられるイケメンだ。眉間にシワを寄せた姿は、それなりに迫力が感じられた。

転校から間もないノラにしてみれば、多少なりとも危機感を覚える展開。

「待って。ニシノはシミズと仲がいい。悪いことなんてしてない」

フツメンを庇《かば》うべく動いた彼女の口からは、二人の関係がポロリ。

こうなると志水はぐぅの音も出ない。

「旅行の間もずっと一緒にいた。ホテルにも一緒に泊まってた」

「ちょ、ちょっと待ってよ、あのときは私だけじゃなくて他の人も……」

「ビデオチャットで話をしているときも、ニシノのことばかり話してる」

「んなっ……」

ノラの好意的な暴露を受けて、志水は顔を真っ赤にする。

この子、人前で何を言ってくれちゃってるのよ、云々《うんぬん》。

リサちゃんのみならず、他の生徒も驚いた様子で委員長を見つめる。

当然ながらローズ的にはアウトだった。

「ねぇ、志水さん。貴方《あなた》とは改めてお話をしたいのだけれど」

「言わんこっちゃありません。コレでは道化ですね、お姉様」

「貴方《あなた》は黙っていて頂戴」

「だから待ってよ。旅行中は二人も一緒だったでしょ⁉」

「本当に私たちが見ている間だけだったのかしら？」

西野《にしの》の傍《かたわ》ら、ローズと委員長の間で雰囲気が怪しくなる。

こうなると自己主張せずにはいられないのが奥田《おくだ》さんだ。

教室内のやり取りに交ざるべく、会話の合間を狙って声も大きく訴える。

「西野君とはつい先日にも、生き死にを共にした関係だが何か？」

しかし、タイミングが悪かった。

リサちゃんや委員長、ローズやガブリエラまでもが騒動の場に上がったことで、竹内《たけうち》君に動きが見られた。このまま放置しては翌日以降も遺恨を残しかねない。そのように判断した彼は、場を収拾するべく声を上げる。

「ねぇ、皆。話題が発散しちゃってるし、少し落ち着かない？」

これまでの二年A組であれば、それで収まったかもしれない。

けれど、本日は当事者としてローズがすぐ近くにいた。

「十分に落ち着いているわよ？　放課後っていえば、恋バナをしたり何をしたり、生徒同士で賑《にぎ》やかにするものでしょう？　それとも貴方は、私たちに話を続けられると不味《まず》いことがあったりするのかしら？」

ローズはニコリと笑顔で竹内君に告げた。

その背後に並々ならぬ憤怒を感じて、イケメンは続く言葉を失う。口元にこそ綺麗《きれい》な笑みを浮かべている彼女だが、その瞳には有無を言わさない力強さが感じられた。いつぞや学校に呼び出されて殺されかけた経験が、竹内君の脳裏に蘇《よみがえ》る。

二人のやり取りに隠れて奥田さんの発言は完全にスルー。

そして、喧騒《けんそう》の出処《でどころ》は彼らに限らない。

教室内では一連のやり取りを受けて、各所でああだこうだと議論が交わされ始める。それは仲間内での囁《ささや》きのみならず、グループ同士の言い合いであったり、喧嘩《けんか》一歩手前の口論であったりと騒々しいものだ。

「俺も西野や金子《かねこ》みたいに学内でアオハルしたい」「わかる」「はぁ？　巻き込まれる方の身になったらどうなの？」「だよねぇ」「わざわざ教室でやる必要なくない？」「それくらいの自由はあってもいいと思うよ」「見せつけられるの辛《つら》いんだけど」

「金子と付き合う佐竹《さたけ》さんもヤバいよ」「どうせ就職回避が目当てでしょ」「むしろ、財布扱いの金子が哀れっていうか」「親御さんは弁護士だけど、金子は成績普通だよね」「最悪、離婚前提のコンピ地獄じゃない？」「コンピ地獄って何？」

「一部のイケメン、女子の前でだけ格好《かっこ》つけるのズルいよな」「マジそれな」「非モテが団結したらハブられるのイケメンじゃね？」「お前ら、それマジで言ってる？」「だったら女子だけじゃなくて、俺らにも優しくしてよ」「それはぶっちゃけ過ぎだろ」「男子が女子のポイントを稼ぐの悪くないとか言いつつ、女子が男子のポイントを稼ごうとすると、一致団結してハブるの最高にダブスタ」「松浦《まつうら》さんとか典型的だよね」「となると、やっぱ女子に学ぶべきじゃね？」「お、おい、だからお前らちょっと待てよ！」「別に誰が誰に告ってもよくない？」「リサちゃんも教室で委員長に告ってたしね」「松浦さんとか、堂々と3P宣言してたじゃん」「あれマジ告るもへったくれもないよな」「正直、あの日から松浦さんがエロく見えて仕方がありません」「それな」「谷口《たにぐち》と村井《むらい》さんを見てると、悪いことばかりじゃないと思うんだよな」「非モテに告られた側の気持ちはどうなの？」「それは男女ともにお互い様じゃない？」「ダメ元でイケメンに告る女子、意外といるじゃん」「それは俺も思ってた」「私も」

こうなっては竹内《たけうち》君もお手上げである。

教室内に規律を与えていた学内カーストが、今まさに崩壊しつつあった。普段は絡みのなかった生徒の間でも、男女やカーストの垣根を越えてやり取りする様子が見られる。それは雑談であったり、議論であったり、口論であったり。

そうした只中《ただなか》、これまで聞くに徹していた人物に反応が見られた。

本日この瞬間へ至る、諸悪の根源と称しても差し支えない存在。

満を持して、二年Ａ組きっての問題児が声を上げる。

「皆、ちょっといいだろうか？」

過去には繰り返し無視されてきた提案の声。

けれど、本日に限っては誰もが声の主に注目する。

一連のやり取りを経て、二年Ａ組の誰もが気づいていた。

騒動のど真ん中に立っているのは、この冴《さ》えない男子生徒であると。

「誰しもこれだけは譲れないという主義主張の一つや二つは、その胸に抱いて生きていることだろう。それはたとえば宗教であったり、倫理観であったり、あるいは愛情であったりするのかもしれない」

そう、西野《にしの》である。

居合わせた生徒たちの注目がフツメンに集まった。

自《おの》ずと会話も控えられて、賑《にぎ》やかであった教室内が静かになる。

そうかと思えば、彼の懐からブブブとバイブ音が響き始める。

今まさに声を上げた直後の出来事であった。

「西野のやつ、本当にブレないよな」「この状況でアラーム仕掛ける意味が分からないんだけど」「本当にアラーム？」「奥田《おくだ》さんはいいとして、ノラちゃんやガブリエラちゃんが興味を持ってる理由が気になるよ」「いっそのこと真似《まね》してみるか？」「途中でくじける未来しか見えてこない」

フツメンは端末の振動を無視して口上を続ける。

「当然ながら、そうした思いは尊重されて然《しか》るべきだ。とはいえ……」

しかしながら、通知は一度停止しても繰り返し与えられた。

静かになった教室では、これが思いのほか響く。

「失敬」

一向に止《や》む気配がない通知を受けて、彼は断りの言葉と共に懐から端末を取り出した。

本来であれば、他者に対して礼儀を示す筈《はず》の行いが、彼に注目していたクラスメイト一同、等しくイラッとする。

ディスプレイに表示されていたのは、通い慣れたバーのマスターの名前だった。

「……俺だ」

『急ぎの用件だ。先の件だが、先方の狙いが分かっ……』

西野《にしの》が通話を受けた直後の出来事だった。

二年A組の教室の窓ガラスに、いくつもクモの巣状のヒビが入った。

時を同じくして届けられたのは、多数連なった甲高い銃声。

一部では砕け散ったガラス片が、室内に残っていた面々にパラパラと降り注ぐ。生徒たちからは間髪を容《い》れず、何事かと注目が向けられた。自《おの》ずとフツメンの意識も、割れてし

まった窓ガラスの先に移る。

その気配を電話越しに確認したことで、マーキスからも驚愕《きょうがく》の声が漏れた。

『アンタ、今の銃声はまさか……』

「あぁ、ちょうど相手方から挨拶を受けたところだ。悪いが……」

フランシスカに事情を伝えてくれ、そのように伝えようとした直前、通話が一方的に切断された。不審に思ったフツメンがディスプレイを確認すると、先程まで四本立っていたアンテナが、今や一本も見られない。

「ジャミングか」

スパイ映画さながらのワードを口走りつつ、西野《にしの》は端末を懐にしまい込む。

一連の出来事を目の当たりにしたことで、生徒たちからは声が上がった。

「アラームじゃなかったのかよ?」「いや、ぐ、偶然だろ?」「偶然で教室の窓ガラスが割れるって、意味が分からない」「陸上部のピストルじゃないの?」「どんな競技なら今みたいに連発するんだよ」「前にヤクザ関係のニュースで、こういう割れ方の窓ガラスを見たんだけど」「ジャミングってなんだよ」

西野の発言はどうあれ、事実として教室の窓ガラスは割れてしまっている。

窓ガラスの比較的高い位置に、何かが当たったと思《おぼ》しき小さな穴が空いており、その周囲にヒビが広がっている。ニュースや映像作品などで度々出てくるような弾痕だ。それも一枚や二枚ではなく、半数以上に同じようなヒビが入っている。

直後には教室内に悲鳴じみた声が響いた。

「ふ、伏せろぉっ！　この教室は敵に囲まれているぅぅ！」

もはや条件反射の域に達した奥田《おくだ》さんのアクションが唸《うな》る。

咄嗟《とっさ》に身を伏せて、太もものホルスターからモデルガンを引き抜く。

本来であれば青春を彩るための趣味が、本当に訪れてしまった実弾演習。

「そこのお前、ヘッドショットを狙われちゃってるぞぉぉおおおおっ！」

涙目で床に伏せた不思議ちゃんのガチ声が教室に響き渡った。

ヘッドショットを狙われているか否かは分からない。

ただ、彼女の見つめる先には、天井に打ち込まれた銃弾があった。つい先程までは綺麗《きれい》だったトラバーチン模様に、いくつも弾頭がめり込んでいる。舞台裏を知らない彼女にしてみれば、今まさに目の前に迫った生命の危機。

直後には追い打ちをかけるように、パァンパァンと立て続けに届けられた発砲音。

奥田さん的には、つい先日にも経験した誘拐騒動が脳裏に蘇《よみがえ》る。彼女はヒィと声を上げて、ベランダに向かいエアガンをパスパスと連射。ＢＢ弾がパチパチと音を立てて、窓ガラスにぶつかっては跳ね返る。

そんなまさかとは思いつつも、二年Ａ組の面々は大慌てでしゃがみ込んだ。

〈青春　二〉

屋外から聞こえてきた銃声と、割れてしまった教室の窓ガラス。

それでも二年A組の生徒たちは、どこか冷静に状況を見ていた。理由はひとえに奥田《おくだ》さんの存在である。率先してアクションする不思議ちゃんを目の当たりにしたことで、彼女に続いて狼狽《うろた》えることに嫌悪感を抱いた生徒たちである。

あれと同列になるのは嫌だの精神。

結果、本来であれば相応の混乱が訪れそうなところ、クラスメイト一同はかろうじて冷静さを保っていた。幸い怪我《けが》をした人間はいない。慌てふためくのは、銃を手にした犯人の姿を確認してからでも、遅くはないのではなかろうかと。

一方で内心穏やかでないのが、委員長や竹内《たけうち》君、ノラといった西野《にしの》の抱えた事情に理解のある生徒数名。その存在を思えば、あり得なくはない状況を思って背筋を凍らせる。過去にも似たような状況で、肝を冷やしてきた経緯がある。

しばらく待つと銃声の第二波が止《や》んだ。

西野は即座にローズとガブリエラに向き直る。

「すまないが、皆を頼めないだろうか」

「貴方《あなた》はそれでいいのかしら？」

「こうなってはどうにもならないだろう」

「ここでの生活は、ソレなりに気に入っていたのですが……」

　普段と変わりのない仏頂面でフツメンは語った。そうした彼の心中を気遣うような素振りを見せるのがローズである。これに対してガブちゃんは寂しそうな面持ちで素直な気持ちを口にした。

　コイツは何を言っているのかと、多くの生徒が訝《いぶか》しげな眼差《まなざ》しを西野に向ける。だが、会話の相手が奥田さんではなくローズやガブリエラであった為《ため》、非難の声を上げる生徒はいなかった。肝心の不思議ちゃんは、顔色を青くして床に丸まっている。

　そうこうしていると、教室内のスピーカーに反応があった。

　黒板の上に時計と並んで設置された校内放送用の機材だ。

　これがブブッというノイズを立てたかと思えば、校内放送の案内を示すチャイムを発した。今しがたの銃声に対する学校からの連絡だろうかと、生徒たちの意識は誰一人の例外なくスピーカーに向かう。

　チャイムの後には、すぐに人の声が聞こえてきた。

『放送室から連絡をお伝えします。二年A組の西野君、二年A組の西野君、至急、放送室まで来て下さい。繰り返します、二年A組の西野君、二年A組の西野君、至急、放送室まで来て下さい』

大人と思《おぼ》しき男性の声だった。

流暢《りゅうちょう》な日本語である。

『素直に指示に従わない場合、学内にいる生徒や教員の安全は保障しません』

なんの変哲もない生徒の呼び出し。

そう思われた放送の最後に続けられたのは、現実味を欠いた文句だった。

教室内に居合わせた生徒全員の視線がフツメンに向かう。一体何がどうしたと言わんばかりの面持ちで、クラスの問題児を見つめる。まさかこれも西野《にしの》の仕込みかと、一部の生徒は疑《うたぐ》りの眼差《まなざ》しを向けて止《や》まない。

そうした注目に本人は、やれやれだと言わんばかりの態度で呟《つぶや》いた。

「どうやら先日提出したレポートの出来が悪かったようだ」

両手を肩のあたりまで持ち上げて、露骨にポージングしつつの発言。

本人は上手《うま》いこと誤魔化《ごまか》そうとしたつもり。

クラスメイトからすれば、馬鹿にされたようにしか思えない。

宿題ではなく、わざわざレポートと称した点も苛立《いらだ》たしい。屋外から聞こえてきた銃声、割れた窓ガラス、校内放送、すべてが西野の自作自演ではないかと勘ぐってしまう。

普通極まる当事者の顔面偏差値が、このような状況でも危機感から説得力を削《そ》ぐ。もし仮に名を呼ばれたのが竹内《たけうち》君であったのなら、素直に慌てることができたかもしれないクラスメイト一同だ。

そうした周囲の反応に構わず、ローズが西野に言った。

「ねぇ、西野君。私も貴方《あなた》と一緒に行くわ」

「何故《なぜ》だ？」

「今の放送を聞いた限り、恐らく先方の狙いは貴方でしょう？　だとすれば、もう一人くらい人手があったほうが、貴方も動きやすいと思うのだけれど。一人で来いとは言っていなかったし」

「アンタを巻き込む訳にはいかない」

「そんなにクラスメイトが心配かしら？」

「心配には違いないが、アンタも同じ学校に通う生徒だろう」

「あら嬉《うれ》しい。貴方からそんなふうに言ってもらえるなんて光栄だわ」

「悪いが、冗談を言ったつもりはない」

「同じ学校に通う生徒だからこそ、同級生のことを助けたいと考えても、不自然ではないでしょう？　学内の被害状況が明らかでない現状、私とこの子たちが同じ場所に留《とど》まっていては、勿体《もったい》なくないかしら？」

「…………」

ローズの発言を耳にして、フツメンは悩むような素振りを見せる。

どうやら彼にしても思うところがあるようだ。

「教室のことは、この子たちがいれば大丈夫だと思うのよね」

ローズはここぞとばかり、ガブリエラとノラを視線で示して言う。

西野《にしの》と同じような力を行使する前者は、たとえ相手が銃を手にしていたとしても、確実にクラスメイトを守ることができそうだ。そして、後者は過去にフツメンのみならず、ローズとガブちゃんを含めた三名を相手に、単身健闘した実績がある。

「ポイントの稼ぎどころではありますが、この場はお姉様に譲っても構いませんよ。かわりに我々は教室の平和を守ルとしましょう。立つ鳥跡を濁さずとは、なかなか良く言った言葉ではありませんか」

「ニシノ、私もローズの言う通りだと思う」

そうした背景も手伝い、フツメンはローズの提案を呑《の》むことにした。

放送室に移動するまでの間、助けを必要としている生徒や教職員がいた場合、その助力が貴重なものになるだろうことは想像に難くない。また、彼女であれば多少の銃弾は身に受けたところで問題ないときたものだ。

「分かった。すまないが同行して欲しい」

「ええ、任せて頂戴」

西野から頼られたことで、ローズの顔には小さく笑みが浮かぶ。

ガブリエラの言葉ではないが、ポイントの稼ぎどころだ。

「ローズちゃんが西野や奥田《おくだ》さんみたいなことになってるんだけど」「ガブリエラちゃんとノラちゃんも普通に通じてるっぽい」「肝心の奥田さんがガチで震えてるの、見てて不安にならない？」「さっきまで狂ったようにエアガン撃ってたよね」

事情を知らない生徒からすれば、何もかもが不思議でならなかった。

西野たちのやり取りに疑問の声は尽きない。

また、普段であれば率先して声を上げそうな竹内《たけうち》君や委員長といった面々も、黙って彼らのやり取りを眺めるばかり。下手に口を挟むよりも、その方が上手《うま》くいくだろうと判断したようである。これが他の生徒からすれば奇異に映る光景だった。

二年A組の中心には今まさに、フツメンが立っていた。

「皆、一方的に申し訳ないが、少しの間だけ大人しくしていて欲しい」

これまた苛立《いらだ》たしい台詞《せりふ》を残して、西野は教室を出発した。

その背中を甲斐甲斐《かいがい》しく追いかけるのがローズ。

二人の足音はすぐに教室から遠退《とおの》いて、廊下の先に消えていった。

◇◆◇

二年A組の教室を出発した西野《にしの》とローズは、まっすぐに放送室を目指した。

すると移動中、廊下では銃を手にした人物と遭遇。

ひと目見て反社会的な背景が透けて見える風貌の男性だ。年齢は二十代。丁寧に剃《そ》り上《あ》げられたスキンヘッドをしており、口周りには髭《ひげ》を生やしている。顔や首には入れ墨。黒いダウンジャケットにジーンズといった出《い》で立《た》ち。

「おぉ、出やがったな？　前代未聞の賞金首が」

男は西野とローズの姿を確認すると、即座に銃を構えた。

次の瞬間には銃弾が立て続けに数発、パァンパァンと放たれる。照準はすべてフツメンに向けられていた。事前に彼の風貌を確認していたようで、引き金を引く指にはなんら躊《ちゆう》躇《ちよ》が見られなかった。

しかし、その全ては彼に触れる直前で静止。

そうこうしている間にも、先方に接近したローズの両手が頭部に絡みつく。後頭部と顎に当てられた両手が、ろくろでも回すように捻《ひね》られた。直後にゴキッという音が響いて、男の首があらぬ方向へ曲がる。

彼女の手が放されると、男は廊下にバタリと倒れた。

以降はしばらく待っても、ピクリとも動かない。

「相変わらず手際のいいことだ」

「【ノーマル】のサポートがあれば、誰だってできるわよ」

男の絶命を確認して、二人は再び放送室に向けて駆け出す。

移動中には生徒と遭遇することがなかった。今まさに対応したような人物が校内に入り込み、生徒を教室内に追い立てているのだろう。先方の規模は未《いま》だ知れないが、一人や二人ではないだろうとは、西野とローズに共通する見解だ。

ややあって、彼らは放送室の正面に到着した。

廊下にズラリと並んだ一般教室のそれと比較して、幾分か厳《いか》ついデザインのドア。その上部には放送中の案内を示す電灯が灯《とも》っている。防音設備に阻まれて、室内の気配はなんら伝わってこない。

「ねぇ、西野君。まず間違いなく罠《わな》だと思うのだけれど」

「だとしても、眺めている訳にはいくまい」

躊躇するローズの面前、西野は放送室のドアに手を伸ばした。

鍵は掛かっておらず、すんなりと押し開く。

放送室内は多くの学校がそうであるように二重構造。入ってすぐのスペースがミキサーやモニターの並ぶ副調整室となっており、そこから更に防音ドアを一つ越えて、音響設備が設けられた収録ブースに通じている。

「誰もいないな」

手前の副調整室を眺めて西野《にしの》が呟《つぶや》いた。

そう大した広さがある訳でもないので、一瞥《いちべつ》して無人と分かる。大きなガラス窓のはめ込まれた仕切りの壁越し、収録ブースに注目するも、そちらにも人の姿は確認できない。

ただ、機材の電源だけが入れっぱなしで放置されていた。

マイクのスイッチも入っており、入力のランプが点灯している。

「どこかに隠れていたりするのかしら？」

機材に近づいたローズが、主電源のスイッチをシャットダウン。

設備に灯《とも》っていた明かりが一斉に消える。

これで二人のやり取りが校内に響くこともない。

時を同じくして、副調整室で変化が見られた。

室内の隅に設けられた大きめの棚。そこに陳列されていたダンボール箱の並びのうち一つから、側面を突き破り銃弾が飛び出してきた。それは今まさに電源スイッチに触れていたローズに向かって一直線。

「っ……！」

銃声に驚いて振り向いた彼女の鼻先、空中で弾丸が静止している。

先程にも銃弾を受け止めたのと同様、西野のイリュージョン。

大きく目を見開いたローズの面前、勢いを失った弾がポトリと床に落ちた。

「ありがとう、西野君。とても助かったわ」

「備えていたからな」

「この短時間で細工をしている暇なんてあったのかしら？」

「事前に学内へ忍び込むなりして、支度を行っていたのだろう」

「そこまでする相手方の事情が気になるところだけれど」

「アンタの上司から聞いた話に従うのであれば、亡命先からこちらの懐柔を条件とされているとのことだ。とはいえ、本校が置かれた状況を思うと、誤った情報を掴《つか》まされたのではないかとも考えられるが」

「自暴自棄になっているのかもしれないわね」

「犯人には最後まで、理知的な判断を期待したいところだ」

銃声が鳴り響いてからしばらく、副調整室に設置されたスピーカーから、校内放送の開始を知らせるチャイムが響いた。出入り口のドアにほど近い壁、その高いところに設けられた一台である。

直後には先程にも教室で耳にした声が続く。

『職員室から連絡をお伝えします。二年A組の西野君、二年A組の西野君、至急、職員室まで来て下さい。繰り返します、二年A組の西野君、二年A組の西野君、至急、職員室まで来て下さい』

同じようなフレーズでの物言い。

ただし、呼び出し先が異なっていた。

『素直に指示に従わない場合、学内にいる生徒や教員の安全は保障しません』

続けられた文句は同様である。

ただし、拳銃を手にした部外者の存在を確認した後とあっては、伝えられた脅しに対する信憑性《しんぴょうせい》も一入《ひとしお》である。学校全体が人質に取られたにも等しい状況、西野《にしの》は素直に踵《きびす》を返して廊下に向かう。ローズもその背に続いた。

「こちらの動きは先方に筒抜けのようだ」

「校内にカメラでも設置しているのでしょう？　西野君の言うとおり、事前に下準備をしていたのは間違いなさそうね。状況が落ち着いたのなら一度、学校に出入りした業者を洗ったほうがいいかもしれないわ」

「あぁ、そうだな」

二人は粛々と言葉を交わしつつ、放送室を後にした。

◇◆◇

西野とローズが放送室に向かってからしばらく。

二年A組の教室には依然として生徒たちの姿が見られた。本来であれば反発必至である西野から与えられた待ての指示。それでも彼らが同所に留《とど》まっているのは、天井に残された銃弾の存在が、奥田《おくだ》さんから皆々に示された為《ため》だ。

事情を察した竹内《たけうち》君や委員長、リサちゃんからも集団行動の提案があった。

この状況でバラバラに行動するのは危険だよ、云々《うんぬん》。

警察を呼ぼうとした多くの生徒は、手にした端末が圏外となっていることに驚いた。どうやら通信抑制装置が設置されているようだ。学内のネットワークも潰されており、外部と通信する手段は完全に失われていた。

そうこうしている間にも、校内と思《おぼ》しき距離感から届けられた銃声。おかげで反対意見は一つも上がらなかった。つい先刻までの騒動はどこへやら。一致団結した皆々は、仲良く身を寄せ合い、教室内で大人しくしている。

ただし、中には現状に燻《くすぶ》りを感じている生徒もいた。

「しばラく待ってみましたが、一向に敵がやってくル気配がありません」

「このままずっと来ないでくれた方が、私としては嬉《うれ》しいんだけど」

「一方的にやラレっぱなしというのは悔しくありませんか？」

ガブリエラである。

彼女は委員長を相手に不服の声を漏らす。

どうやら待つばかりの状況にストレスを溜《た》めているようだ。

「このまま何事もなく過ぎてくれるのが一番だと思うけど」

「ちょっと同じフロアの様子を見てこようと思います」

「えっ……」

さらりと続けられた回答に、委員長は言葉を失う。

同時に出会って間もない頃のガブちゃんの姿が思い起こされた。見た感じお淑《しと》やかだし、最近は大人しくしているから忘れそうになるけれど、この子も割とアグレッシブな性格の持ち主だったのよね、とかなんとか。

「ガブリエラちゃん、できれば西野《にしの》の言う通りにしたいんだけど」

彼女の発言に慌てた竹内《たけうち》君から、素直な思いがポロリと漏れた。

武装した誰かの存在に確信を覚えているイケメンだ。

そうした彼を諭すようにガブリエラは語る。

「安心して下さい。ノラ・ダグーがいレば問題はありません」

「えっ、どうしてノラちゃんが？」

「お姉様や私のみなラず、西野五郷《ごきょう》であっても一度は後レを取った人物です。初見で彼女の守リを突破しようと考えたのなラ、そレこそ遠距離かラ、ミサイルでも打ち込まなけレば不可能だと思います」

「そ、そうなんだ……」

急に奥田《おくだ》さんのようなことを言い始めたガブちゃん。

周囲はギョッとした面持ちで彼女を見つめる。

竹内君もその光景がまるで想像できない。

皆々から注目を受けたことで、ノラは小さく頷《うなず》いて応じた。

「任せて。ニシノの友達、全員守る」

「本人もこのように言っています」

常人からすれば、あまりにも素っ頓狂な提案。けれど、西野たちの背景を知っている竹内君だから、決して嘘《うそ》を言っているとは思えなかった。もしやグアムでのサメ騒動は、この子が原因だったんじゃ、とは聡《さと》いイケメンの想像である。

それでもクラスメイトの手前、彼は一般論を語った。

「だとしても、大人しく待っていればすぐに警察が来てくれるよ。これだけ立て続けに銃声が聞こえたら、近所の人だって一人くらいは通報するでしょ。グラウンドに出ていた運動部の生徒が、助けを求めに向かっているかもだし」

「そレなラ既に緊急車両のサイレンが響いていル筈《はず》です」

「……もしかして、まだ何かあるの？」

そうあって欲しいと思いつつ伝えた常識。

けれど、それは早々にも非常識に飲まれてしまう。

「先程、彼は外部と連絡を取っていました。つまリ事態は共有さレています。ノラ・ダグーを連レてきたオバサンが、国内に居合わせたことを鑑みルと、このまま放置さレルとは思いませんが、警察の介入に待ったがかかル可能性は多少なリとも考えラレます」

「それってもしかして、西野《にしの》がどうこうってこと？」

「彼もそうですが、私やお姉様、ノラ・ダグーの扱いも同様と思います。また、政治的な理由かラ、問題の解決を彼に委ねル場合も考えラレます。私としてはその可能性が高いと推察しています」

「そ、そうなんだ……」

政治的な理由ってなんだよ、とは思いつつも、竹内《たけうち》君は素直に頷《うなず》いた。

過去には同様、超法規的措置の数々を目の当たりにしてきた経緯がある。超能力なる現象が存在していることも、つい先日まで知らずに生きてきた。普通に考えたのなら、誰かが隠蔽しているとは想像に難くなかった。

実際に彼自身も、フランシスカから毒の扱いを巡って繰り返し脅されている。

「ということで、私はフロアの様子を見てきます。先程出ていった彼ほどではありませんが、私もここでの生活を気に入っています。自身にできルことがあルようなラ、行っておきたいと思うくライには」

「そ、それだったら私も一緒に行っていい？」

「構いませんが、何故《なぜ》ですか？」

廊下に向かわんとしたガブリエラに、委員長が声を掛けた。

本人からも疑問の声が上がる。

「今の話が本当なら、ここが一番安全ってことでしょ？　様子を見ている途中で、困ってる子に会ったりとかしたら、教室まで案内したいの。ガブリエラさん一人だと、そこまで気が回らないかもでしょ？」

「なルほど」

「だったら俺にも手伝わせてよ、委員長」

「あ、俺も！　俺も行くぜ？」

「ついでに私も同行させてもらっていいかな？」

委員長が訴えるのと同時に、竹内君と鈴木《すずき》君、リサちゃんから反応があった。内一名が善意から声を上げたのに対して、若干二名は委員長の判断を受けての同行願い。志水《しみず》に格好《かっこ》いいところを示したい鈴木君と、純粋に彼女を心配したリサちゃんだ。

すると彼らに続いて、松浦《まつうら》さんがボソリと呟《つぶや》いた。

「それなら私も一緒に行こうかなぁ」

「えっ、松浦《まつうら》さんも？」

「委員長、どうして驚いた顔で私のこと見てるの？」

「だって松浦さんだし、なんていうか……」

委員長が訝《いぶか》しげな面持ちでぼやく。

彼女のみならず竹内《たけうち》君や鈴木《すずき》君、リサちゃん、更にはクラスメイトの誰もが、疑念の眼《まな》差《ざ》しで松浦さんを見つめている。他人の為《ため》に何かをするような人物だとは、誰一人からも思われていない彼女だ。

むしろ、なにか悪巧みを考えているのではないかと勘ぐられるほど。

「私だって少しくらいは、他人の心配とかしたりするよ？」

完全に嘘《うそ》っぱちである。

ガブリエラの隣こそ、一番安全であると信じて止《や》まない松浦さんだ。

まさか置いていかれては堪《たま》らないとばかり、同行を主張する。

「分かりました。そういうことでしたラ、皆で向かうとしましょう」

ガブちゃんが頷《うなず》いたことで、即席の調査隊は二年A組を出発した。

◇◆◇

廊下に出たガブリエラたちは、B組、C組と他クラスの前を過ぎていく。

教室内にはチラホラと生徒の姿が窺《うかが》えた。

一方で廊下は閑散としている。

教室内に残っていた生徒たちは、誰もが怯《おび》えているように感じられた。拘束されていたり、怪我《けが》をしている生徒は見られない。一方で放課後らしい賑《にぎ》やかさも皆無だ。廊下を歩く委員長たちに対して、先方から向けられたのは不安そうな眼差し。

「このメンバーで行動していると、卒業旅行の騒動を思い出すわね」

「当時の敵キャラが味方にいるの、感慨深いものがあるなぁ」

「敵キャラというのは私のことですか？」

委員長の何気ない物言いに松浦さんとガブちゃんが反応を見せた。

当時を思い起こして、竹内君と鈴木君も続く。

「その場合だと、ヒーロー役が足りていないけどね」

「タケッち、相変わらず太郎助《たろうすけ》さんのこと推してるのな」

「そういえば委員長、旅先で現地に到着した日、どこに泊まってたの？」

「あ、いや、それはその……」

いくつか並んだ教室の前を過ぎるようにして、ガブリエラを筆頭とした一団はフロアを移動する。真《ま》っ直《す》ぐに延びた廊下の一端にA組が配置されている都合上、同じ学年の教室を隅から順番に覗《のぞ》いていく形だ。

「廊下にいくつか銃痕が見ラレますね」

歩きながらガブちゃんが呟《つぶや》いた。

彼女の見つめる先には指摘通り、壁や天井に打ち込まれた銃弾があった。既に同じような跡を教室内で確認していた手前、その真偽は疑うまでもない。鈴木《すずき》君とリサちゃんからは驚愕《きょうがく》の声が上がった。

「おいおい、ヤバいのがすぐ近くまで来てたってことかよ」

「隣はうちと同じように、窓ガラスが割れちゃってたね」

他の教室からは、廊下にカースト上位の生徒を目の当たりにしたことで、矢継ぎ早に声が掛けられた。大半は彼ら彼女らを心配してのこと。これに大丈夫だと返事を繰り返しつつ、面々は足を先に進める。

「怪我《けが》してる子がいないのは不幸中の幸いよね」

「そもそも怪我をさせルつもリがないようにも感じラレますが」

ゆっくり廊下を進むと、突き当たりに設けられた階段に辿《たど》り着いた。

上下に延びたそれを眺めて、おもむろにガブリエラが呟く。

「せっかくなので、他のフロアも見てこようと思います」

「え？　このフロアだけじゃなくて？」

「せめて一人くらいは、不埒者《ふらち》を退治したいところです」

問いかけた委員長に引率役はつらつらと応じた。

やる気満々のガブちゃんである。その歩みは他の面々が何を語る間もなく、階段を下のフロアに向かいスタスタと降り始めた。志水《しみず》たちの面前、折返し階段を半分降りて、中程に設けられた踊り場に立つ。

すると時を同じくして、階下から人の声が聞こえてきた。

「おい、上から例の銀髪が出てきたぞ、注意しろ！」

「仕掛けを使う、そこから退《ひ》け！」

男たちの荒っぽい声である。

直後にはズドンという音が響いた。

同時にガブリエラが立っていた階段の踊り場が崩れる。

吹き荒れた土埃《つちぼこり》が一瞬にして充満し、皆々の視界を覆った。砂嵐にでも巻き込まれたかのようだ。階段内を上下に延びた爆風が、廊下との接合部に立っていた委員長たちの身体《からだ》をも大きく揺らす。

「っ……」

これはガブリエラも想定外であったようだ。

爆発に巻き込まれて、足場共々階下へ落下する羽目となる。

数瞬の後、パァンパァンと繰り返し発砲音が響き始めた。

「撃て！　殺されたくなかったら撃ちまくれ！」

「貴方《あなた》たちは教室に戻っていて下さい。私はひと暴レしてから戻リます」

階下からの指示を受けて、委員長たちは大慌てで踵《きびす》を返した。こうなっては他のクラスの生徒がどうのと言っている場合ではない。互いに頷《うなず》きあった二年A組の面々は、元来た廊下を大慌てで駆け出さんとする。

しかし、その足は数歩と進まないうちに急停止。

行く先に銃を手にした男が現れたのだ。

今まさに崩壊した階段とは反対側、二年A組の教室に近い位置にある階段からである。爆発の音を耳にしてフロアを移動してきたのだろう。先方は廊下の突き当たりに彼女たちの姿を確認して、駆け足で近づいてくる。

「委員長、ど、どうしよう！」

「さっきの階段、上に！」

狼狽《うろた》えるリサちゃん。

間髪を容《い》れず叫んだ委員長が先導するように駆け出す。

皆々はその背中を追いかけるように続いた。

早々にも転進した五人は、ガブリエラが落下したのとは逆に、上のフロアに向かう。幸い上り階段は崩れておらず無事だった。彼女たちはパタパタと慌ただしく階段を駆け上り、ひとつ上の階へ。

廊下を確認すると、こちらには誰の姿も見られない。

「委員長、このまま反対側の階段から下に降りられないかな？」

「私もリサと同じこと考えたけど、どうだろう」

「なんでもいいから行こうよ！　後ろから足音来てる、来てるからっ！」

松浦《まつうら》さんの発言に促されるようにして、皆々は移動を始めた。

パタパタと駆け足で、棟を横断するように延びた廊下を走る。

すると彼らの面前、行く先から人が現れた。

いくつか並んだ教室の一つから、ガラリとドアを開けての登場。

これまた粗暴な出《い》で立《た》ちの男性だ。階下で目撃したのとは別の人物である。手にはもれなく銃を提げており、指はトリガーにかけられている。放課後の学校に似つかわしくない慎重な足取りで、委員長たちに向けて進路を取る。

「指示にあったガキ共を見つけた。もう一人来てくれ」

廊下に委員長たちを見つけたことで、先方に反応があった。

男は無線の受信機を兼ねたヘッドホンを装着しており、インカム越しに連絡を取り始める。その組織的な言動を目の当たりにしたことで、委員長たちはより一層、背筋を震わせる羽目となる。

直後には階下で遭遇した男が階段を登ってやって来た。

前後から挟み撃ちである。

「委員長、どうしよう……」

「っ……」

リサちゃんの口から不安そうな声が漏れる。

これには委員長も返事が浮かばない。

竹内《たけうち》君と鈴木《すずき》君も顔を強張《こわば》らせるばかり。

ところで、FPSが大好きな松浦《まつうら》さんは、先方の装備に疑問を覚えていた。

同フロアで遭遇、今まさに歩み寄ってくる人物だ。

どうしてコイツはヘッドホンをしているのかと。それも射撃の際に利用するイヤーマフのような、かなり厳《いか》ついデザインのものを装着している。連絡を取り合うだけならイヤホンでも十分ではないかと。

疑問は次の瞬間、答え合わせと相成った。

それは男の懐から取り出された、消火器を小さくしたようなデザインの何か。

「っ……」

大慌てで男から目を背けた彼女は、両手で耳を塞いで口を開けた。

その瞬間、彼女の視界に映ったのは、背後から迫っていた男の存在。

今まさに松浦さんと同じような姿勢を取っている。

「………………」

相手の挙動に確信を覚えた彼女は、脱兎《だっと》の如《ごと》く駆け出した。

耳を両手で押さえて、自らに背を向けるように尻を突き出した男。その傍《かたわ》らを通り過ぎるように、自身もまた同じような格好《かっこう》で今来た廊下を真《ま》っ直《す》ぐに走り抜ける。そして、すぐ先にあった階段ホールに滑り込む。

男はズボンに差した銃を構えようとするも、両耳から手を離すことができずに断念。

時を同じくして、閃光《せんこう》弾の弾《はじ》ける音と光がフロアをズドンと震わせた。

◇◆◇

同日、太郎助《たろうすけ》は来栖川《くるすがわ》アリスを伴い、西野《にしの》たちが通っている高校を訪れていた。

理由は彼女の高校進学に伴う学校見学。

剽軽者《ひょうきんもの》が教員の会話を盗み聞きしたとおりの内容である。

それも前回に引き続き、自ら送迎のハンドルを握ってのこと。

二人の関係を思えば、本来であればあり得ない出来事。太郎助にとって来栖川アリスは数多抱えている案件の一つ。けれど、彼はこうして甲斐甲斐しくも、後輩の面倒を見ていた。何故《なぜ》ならば同校には、太郎助《たろうすけ》が気にして止《や》まない人物が在籍しているから。

本日も共に校長室へ臨み、校長先生と顔を合わせている。

「……といった訳で、本人の強い意向もあってのことです」

「緒形屋《おがたや》さんと来栖川《くるすがわ》さんの仰《おっしゃ》ることは理解しました」

二人はソファーに横並びとなり掛けている。

対面には校長先生が一人で座す。

校内の見学に先立ち、同所で事情の説明に臨んでいる次第。

当然ながら校長先生からは疑問の声が上がった。

「しかし、私の口からこのようなことを伝えるのはどうかとも思うのですが、来栖川アリスさんにとって、本校にそこまでの魅力があるとは俄《にわか》に信じがたいのです。他に何か理由があるのではありませんか？」

彼にしてみれば胡散臭《うさんくさ》いにも程がある二人の来訪である。

同校はどこにでもある普通の公立高校だ。進学に秀でている訳でもなければ、部活動で優れた成果を残している訳でもない。また、学校そのものに特色があるかと言えばノーで、卒業生に著名人がいたりもしない。

そうなると気になるのは、最近になって引っ越してきたとある生徒の存在。

明言せずとも、校長先生はガブリエラの存在を引き合いに出して言う。

こちらの学校において彼は、フランシスカから彼女の転校に際して、多少なりとも事情を伝えられた数少ない人物である。曰《いわ》く、この子に何かあった場合、貴方《あなた》の首はおろか職員全員が路頭に迷う羽目になるでしょう、とのこと。

そうした経緯など、まさか知る由もない来栖川アリスは意気揚々と伝える。

「こちらの学校の校風に惹《ひ》かれて参りました！　何卒《なにとぞ》お願いしまぁす！」

校長先生的に考えて、完全にアウトだった。

この子、絶対に怪しいでしょ、と。

そうした面談の只中《ただなか》、彼女の存在以上に怪しいサウンドが校長室に響いた。それはパァンパァンと立て続けに響いた銃声だ。一聴しては陸上部がスタートの合図に利用するピストルのようにも聞こえる。

直後には室内に設置されたスピーカーに反応が見られた。

『放送室から連絡をお伝えします。二年A組の西野《にしの》君、二年A組の西野君、至急、放送室まで来て下さい。繰り返します、二年A組の西野君、二年A組の西野君、至急、放送室まで来て下さい』

わざわざ繰り返されるまでもなく、太郎助は耳を引かれた。

名字のみならず学年クラスまで同一。今年の文化祭では、西野のクラスの出し物にまで足を運んでいた彼だ。呼び出しを受けた人物が知人であると確信を得たことで、来栖川《くるすがわ》アリス共々、意識がスピーカーに向かう。

するとと続けられたのは、これまた物騒な物言いである。

『素直に指示に従わない場合、学内にいる生徒や教員の安全は保障しません』

サスペンス映画に見られる犯罪シーンの導入さながらの謳《うた》い文句《もんく》である。

太郎助《たろうすけ》はギョッとした面持ちとなり、校長先生にお尋ねした。

「失礼ですが、校内で何か催しでも行われているのでしょうか？」

「いえ、そのようなことは聞いていませんが……」

これはどうしたことかと、慌てる羽目となる校長先生。

普段であれば、打ち合わせを共にしている先生に、確認に向かってもらうこともできた。しかし、本日は込み入った話題となりそうであった為《ため》、一人でお客様の対応に当たっていた校長先生である。

妙な勘ぐりをされては堪《たま》らないとばかり、彼は率先して話題を振る。

「我が校の放送はさておいて、来栖川さんのお話を聞かせて頂けたらと」

「ええ、そうですね。君ももう少し丁寧に理由を説明できないか？」

「はい、できますとも！　えっとですねぇ……」

太郎助に促されたことで、来栖川アリスは素直にお喋《しゃべ》りを始めた。

事前に考えていた、同校への入学を決めた経緯やらなにやらである。当然ながら西野《にしの》の存在を口にすることはない。代わりに松浦《まつうら》さんの存在を利用して、尊敬しているアイドル候補生がいるだのなんだの、でっち上げの理由を並べ立てる。

するとし数分ほどが経過したところで、再びスピーカーに反応が見られた。

『職員室から連絡をお伝えします。二年A組の西野君、二年A組の西野君、至急、職員室まで来て下さい。繰り返します、二年A組の西野君、二年A組の西野君、至急、職員室まで来て下さい』

「二年A組の西野君、大人気ですねぇ」

「今度は職員室から呼び出しか」

お喋りを中断した来栖川アリスが他人事《ひとごと》のように呟《つぶや》いた。

自《おの》ずと太郎助の口からも呟きが漏れる。

『素直に指示に従わない場合、学内にいる生徒や教員の安全は保障しません』

そして、直後には先程と同様、物騒な文句が続けられた。

これを耳にしては校長先生にも反応が見られた。

「お話中に失礼ですが、少々お時間を頂いてもよろしいでしょうか？」

「ええ、それは構いませんが……」

「職員室はすぐ隣にありまして、少々確認して参ります」

お客様の手前、これ以上の無様は我慢ならぬといった面持ちだ。

せめて校長室のスピーカーの電源を落とさんと息巻く。

ソファーから腰を上げた校長先生は、校長室とはドア一枚を隔てて隣接した職員室に足を向けた。廊下を介さずとも行き来可能な両室である。自然と太郎助《たろうすけ》や来栖川《くるすがわ》アリスの注目も先方の行き先に向かう。

彼らの見つめる先、ドア枠越しに職員室の様子が露《あら》わとなる。

すると、そこでは教職員の誰もが意識を失い、ぐったりとしていた。ある人は床に倒れており、またある人はデスクに突っ伏している。自らの足で立っている人の姿は一人も見られない。

校長先生もビックリである。

それでも驚いていたのは束《つか》の間《ま》、彼は落ち着いた口調で言った。

「緒形屋《おがたや》さん、すみませんが緊急通報をお願いします」

「ええ、承知しました」

太郎助が頷《うなず》いたのを確認して、校長先生は教職員の下に向かった。

その姿を尻目に太郎助たちは警察や救急に連絡を試みる。

しかし、いざ手に取った端末はどういう訳か電波マークが消失している。

「タローさん、アリスのスマホなんですが、圏外になってまぁす」

「ああ、こっちも同じだ」

まさか通信抑制装置が稼働しているとは夢にも思わない。場所が悪いのかと考えた二人はソファーから立ち上がり、校長室内であっちへ行ったりこっちへ行ったり。緊急事態ということも手伝い、電波をゲットするべく右往左往。

すると職員室の方から、バタリと人の倒れる気配が聞こえてきた。

二人が目を向けると、教職員の介抱に向かっていた校長先生が床に倒れている。

「っ……」

太郎助の脳裏に浮かんだのは、毒ガス、の三文字。

今しがた届けられた校内放送が、決して生徒のいたずらではないと理解したイケメンである。咄嗟《とっさ》に動いた彼は、大慌てで来栖川アリスの腕を掴《つか》むと、職員室から距離を取るように校長室を脱した。

「来栖川君、こっちだ！」

「は、はいぃ」

廊下に出たのなら、ドアをぴったり閉めることも忘れない。

鬼気迫る面持ちでハァハァと呼吸を荒くする太郎助。

その姿を眺めて来栖川アリスが言った。

「今のってもしかして、毒ガスとかだったりするんでしょうか？」

「倒れてしまった校長先生や教職員の方々には申し訳ないが、確認に向かう訳にはいかない。とりあえず、急いでこの場から離れよう。我々にできることは、どうにかして警察や救急に通報することだけだ」

語る太郎助《たろうすけ》の心臓は、バクンバクンと痛いほど強く鼓動している。

こんなの絶対に無理だって、と。

それでも彼は必死に平然を装い、来栖川《くるすがわ》アリスと共に走り出す。

憧れのロック野郎が過去に見せていた、シニカルでイキった背中。その光景を思い出すことで、太郎助は自らを鼓舞する。こういうときアイツだったら、アイツだったらきっとこうする云々《うんぬん》、過去の騒動を思い起こしてのアクション。

これが存外のこと格好《かっこ》いいものだ。中身はどうあれ、見た目は高身長の上、スーツをビシッと着こなした細マッチョのイケメン。その言葉に頼りがいを感じた来栖川アリスは、素直に頷《うなず》いて彼の指示に従った。

そうすると少し走ったところで、行く先に妙なものが見えてくる。

「タローさん、なんか人が倒れてませんか？」

「…………」

来栖川アリスの言葉通り、廊下には人が倒れていた。

生徒ではない。年齢は二十代と思われる。丁寧に剃《そ》り上《あ》げられたスキンヘッドの持ち主で、口周りには髭《ひげ》を生やしている。教職員らしからぬ粗雑な格好をしており、ヤクザや半グレと称した方がしっくりとくる。

放送室に向かいがてら、西野《にしの》とローズが倒した闖入者《ちんにゅうしゃ》だ。

先程の校内放送と合わせて、太郎助は同校が置かれた状況をなんとなく察した。

「相変わらずロックなヤツだぜ」

「あの、タローさん？」

妙なことを口走った上司を眺めて、来栖川アリスは眉を顰《ひそ》める。

その面前、太郎助は男の手元から拳銃を拾い上げた。

そして、これを両手で構えるとともに、緊張した面持ちで呟《つぶや》く。

「ぜ、絶対に俺から離れるなよ？」

「タローさん、もしかしてこういうの好きですかぁ？」

直後にはどこからともなく、ズドンと大きな爆発音が聞こえてきた。

◇

◆

◇

太郎助と来栖川アリスが校長室を出発した直後、界隈《かいわい》を訪れる生徒がいた。

校内放送に従い、職員室に向かっていた西野とローズである。

真《ま》っ直《す》ぐに延びた廊下、西野《にしの》たちがやって来た側に対して、太郎助《たろうすけ》たちが反対方向に進路を取った為《ため》、互いに入れ違いとなった両者だ。前者が同所を訪れたときには、既に後者の姿は現場に見られなかった。

「さっきの爆発音はなんだったのかしら？」

「仔細《しさい》は知れないが、今は残してきた二人を信じる他にあるまい」

「その片割れこそ震源だったりするような気がしてならないのだけれど」

「……その可能性は否定しない」

廊下を歩いてきた二人は、目的地の正面で足を止めた。

つい先程にも校内放送で呼び出された職員室。

締め切られたドアを眺めて、互いに寸感を交わす。

「放課後だというのに、やけに静かね」

「室内を確認してみよう」

西野の手により、職員室のドアが開かれた。

間髪を容《い》れず、室内に充満していたガスが漏れ出す。

無味無臭のそれは本来であれば、感知が不可能な代物。けれど、その先に倒れた教職員の姿を確認したことで、彼はすぐさま不思議パワーを発動。一歩身を引くと共に、室内から廊下へのガスの流出を遮る。

目に見えない何かが、職員室と廊下を一瞬にして隔てた。

「っ……これは、ガスかしら？」

「ああ、どうやらそのようだ」

フツメンはドア枠越しに職員室を確認する。

太郎助や来栖川《くるすがわ》アリスが目撃したのと同じ光景だ。

同僚を助けに向かったことで、倒れてしまった校長先生の姿も見られる。その手は窓ガラスに向かい伸びていた。また、彼が眺めた範囲では幸いなことに、誰もが呼吸に胸を上下させている様子が窺《うかが》えた。

ほどなくして再三にわたり、校内放送が流れ始める。

『体育館から連絡をお伝えします。二年A組の西野君、二年A組の西野君、至急、体育館まで来て下さい。繰り返します、二年A組の西野君、二年A組の西野君、至急、体育館まで来て下さい』

これまでと変わりない声色である。

西野たちの動きを逐一確認しているのは間違いない。

『素直に指示に従わない場合、学内にいる生徒や教員の安全は保障しません』

相も変わらず物騒な物言いである。

これを耳にしてはフツメンも下手に動けない。

職員室の惨状を目の当たりにしたことで、殊更に危機感を募らせる。

「悪いが、この場は頼めないだろうか？」

「ええ、分かったわ」

「すまないな。迷惑をかける」

「別に謝ってくれなくてもいいわよ。その為《ため》に付いて来たのだから」

「だとしても、助けられた事実に変わりはない」

「ここを対処し次第、すぐに追いかけるわね」

ローズと別れた西野《にしの》は、一人で体育館に向かい駆け出した。

〈青春　二〉

騒動の只中《ただなか》、二年A組には依然として生徒たちの姿が見られた。

最初に出ていったのが西野とローズ。次いでガブリエラを筆頭に、委員長と竹内《たけうち》君、松《まつ》浦《うら》さん、リサちゃん、鈴木《すずき》君たちが教室を出発。そして、以降は生徒の出入りもなく、教室は静けさを保っている。

時折聞こえる銃声や爆発音に怯《おび》えながら、互いに身を寄せ合うようにしていた。

そうした只中、遂《つい》に彼らの下にも侵入者の手が及んだ。

「あった、ここじゃないか？　二年A組って書いてある」

「他所《よそ》が金髪と銀髪の面倒を見ているうちに済ませるぞ」

銃を手にした男二人が、お喋《しゃべ》りをしながら教室に入ってきた。

共にアウトローな格好《かっこう》の人物で、お世辞にもいい人とは思えない。なんなら内一人はタバコを咥《くわ》えており、口元から煙をモクモクとさせていた。その独特な匂いが離れていても教室の隅の方まで漂ってくる。

生徒たちはヒィと声を上げて、出入り口から距離を取った。

教室後方のドアから姿を見せた男二名に対して、生徒たちは駆け足で黒板がある前方へ移動。そうした彼ら彼女らを庇《かば》うように、ノラが中程に立った。また、そんな彼女の姿に触発されたのか、モデルガンを構えた奥田《おくだ》さんが斜め後ろに並ぶ。

「おい、ガキの一人が銃を持ってる。ターゲットの仲間か？」

「よく見てみろ、モデルガンだ」

「ちっ、驚かせやがって……」

「いいかガキども、動くなよ？　今から名前を挙げるヤツをこっちへ寄越《よこ》せ」

生徒たちに銃口を向けて、男の片割れが大きな声で言った。

手には小さなメモ用紙が握られている。

これと前後しての出来事であった。

生徒たちを威嚇するように堂々と構えていた男二人。

その表情が窓ガラス越し、屋外を見つめて急な変化を見せた。

「な、なんだこりゃぁっ⁉」

「うぉあああああ！」

屋外にはこれといって何も見られない。

少なくとも生徒たちには。

窓ガラスの先に広がっているのは、よく晴れた冬の空。段々と陽《ひ》が落ちつつある夕暮れ時、西日が刻一刻と色を濃くしている。強いて言えば、先程の銃撃でバキバキになってしまった部分が気になるところ。

　これを眺めて男たちは絶叫。

　直後には二人揃《そろ》って手にした拳銃の引き金を引き始める。

「止《や》めろっ！　く、来るなっ！　こっちへ来るなぁ！」

「死ね！　死ねっ！　なんだよ、一体どうなってるんだ⁉」

　威圧的であった言動は見る影もない。

　代わりに人目も憚《はばか》らず悲鳴を上げて、屋外に向かい手にした拳銃を連発。

　パァンパァンと甲高い音が立て続けに鳴り響く。

　既に穴だらけであった教室の窓ガラスが更に砕けていく。

　やがて残弾がなくなったところで、二人はどうか助けてくれと悲鳴を上げながら、駆け足で教室から逃げ出していった。内一人の手から舞ったメモ用紙には、委員長や竹内《たけうち》君、リサちゃん、鈴木《すずき》君といった生徒の名前が並ぶ。

　やがて、男たちの足音はすぐに遠《とお》退《の》いて聞こえなくなった。

　彼らが教室を訪れてから、僅か数分と立たぬ間の出来事である。

「えっ、な、なんだい、今のは……」

　静かになった教室、奥田さんの呟《つぶや》きがボソリと響いた。

　西野《にしの》やローズ、ガブリエラが居合わせたのなら、なにかしら怪物の類でも幻を見せた上で、先方の恐怖心を煽《あお》ったのだろう、などと判断をしたことだろう。実際、そのような感じで男たちを追い払ったノラである。

けれど、傍《はた》から眺めたのなら、男性二人の一方的な逃走。

事情を知らない生徒からすれば、素人の舞台劇を眺めているような気分だった。どうして男たちは急に慌てふためき、教室から逃げていったのか。やっぱり西野《にしの》の仕込みなんじゃなかろうか。などと、この期に及んでも疑心暗鬼を生じてしまう。

どうしても本気で慌てられない二年A組の面々だ。

ともすれば、生徒たちの間からは自然と能動的な提案が挙げられた。

「ねぇ、皆で外に逃げられないかな？」

声を上げたのは学内カーストも上位の女子。

リサちゃんと仲良しグループを同じくする生徒だ。

同じくカースト上位の生徒からは、男女を問わず賛成の声が上がり始めた。彼らはひとしきり盛り上がったところで、その意識を残る生徒たち、カースト中層以下に向ける。お前ら、まさか反対したりはしないよな？　と。

彼らの危惧したとおり、本来であれば能動的な行いに否定の声を上げそうな、カースト下層の生徒たちである。大人しく警察が来るのを教室で待っていようよ、といった意見は誰もが胸の内に秘めていた。

しかしながら、本日は少々事情が異なった。

谷口《たにぐち》君たちグループにしてみれば、予期せず実を結んだ異性との放課後デートの機会。学校での騒動はどうあれ、村井《むらい》さんたちグループとのカラオケに出発したくて仕方がない。これは誘われた側も例外ではない。

また、西野の言動を目の当たりにしたことで、若干の冷静さを取り戻したのが堀《ほり》君と石橋《いしばし》さん。今後の学校生活を思えば、こちらの騒動を利用して、さっさと現場からおさらばしたいと切に感じている。

そうした面々がカースト上位からの提案にすぐさま頷《うなず》いた。すると残る生徒たちも心を揺さぶられる。危ない場所から遠ざかりたい、という思いは誰もが同じだった。そして、ぽつぽつと同意の声が上がり始めたことで、最終的には満場一致。

教室内で意見の統一が見られたことから、ノラも承諾の意思を示す。

「分かった。学校の外に出る」

「よし、それなら西野君たちには、書き置きを残しておくとしよう」

学生手帳のメモ欄をちぎった奥田《おくだ》さんが、紙面にさらさらと万年筆を走らせる。

厳《いか》ついペンのデザインに対して、ふにゃふにゃで締まりのない文字が並んでいく。曰《いわ》く、我々は戦線より撤退する。もしもこのメモを確認したのなら、貴殿らも早急に学外へ移られたし、とかなんとか。

彼女が万年筆を懐にしまったのを確認して、ノラが声を上げた。

「それじゃあ、教室を出発する」

神妙な面持ちで頷《うなず》いた生徒たちは、学外に向けて進路を取った。

◇◆◇

ところ変わって、二年A組とは別フロアに設けられた理科室でのこと。侵入者に襲われた委員長たちは、閃光弾《せんこう》を受けて前後不覚。碌《ろく》に抵抗する暇もなく拐《さら》われてしまい、こちらの教室に閉じ込められていた。

皆々、両手を背中に回された上、縄で手首を縛られている。

部屋の出入り口には見張りと思《おぼ》しき男が立つ。

腰にはもれなく拳銃が差し込まれている。

彼から伝えられた、そこで大人しくしていろ、との指示に従い、委員長たちは部屋の隅の方で座り込んでいた。つい先程までは閃光と爆発音の影響から、頭をくらくらとさせていた面々である。

「さっきの映画とかでよく見るやつだよね？　まだ耳がキーンとしてる」

「リサ、大丈夫？」

「ちょっと気になるくらいだから平気。それよりも鈴木《すずき》君が心配かな」

「う、うん」

同所には委員長とリサちゃん、竹内《たけうち》君の姿が見られた。

先程までは鈴木君も一緒だったが、彼だけは理科室に到着するや否や、二人いた男の片割れに腕を掴《つか》まれて、どこへともなく連れられていってしまった。リサちゃんの発言は、そうした彼を心配してのことである。

「っていうか、松浦《まつうら》さんがいないのも気になるんだけど」

「松浦さんなら眩《まぶ》しくなる直前、急に走り出したのが見えたよ？」

委員長の疑問が示すように、同所には松浦さんの姿も見られない。

ただし、彼女の場合はリサちゃんの言う通り、こうして男たちに連れ去られる前に、騒動があった廊下で別れていた。閃光弾が炸裂《さくれつ》する隙を突いて、まんまと現場から逃《に》げ果《おお》せた松浦さんである。

「松浦さん、運動とか苦手なのによくあの状況で逃げ出せたわね」

「最近は委員長と一緒にアイドルのレッスンとかしてたから？」

「言われてみると、ここのところ割と真面目に頑張ってるっぽいかも」

「私たちを助けに来てくれたり……とかは期待しないほうがよさげ？」

「……うん、少なくとも私は無理」

とてもではないが想像できない光景だった。

委員長も素直に頷《うなず》いてしまう。

そうして他愛《たあい》のない会話を交わすことしばらく。

それまで黙って二人のやり取りを聞いていた竹内《たけうち》君が口を開いた。

「あのさ、二人に提案があるんだけど」

改まった態度のイケメンに、自《おの》ずと女子二人も背筋を正した。

真面目な表情で語る彼の顔立ちは、普段にも増してイケていた。

出入り口付近に立った男は暇そうに端末を弄《いじ》くっている。先程までは委員長たちの太ももを眺めていたが、それにも飽きたようで手持ち無沙汰にしていた。そのタイミングを狙った竹内君のお喋《しゃべ》りである。

彼は男にまで声が届かないように、ヒソヒソと伝えた。

「見張りは俺がなんとかするから、ここから逃げ出さない？」

「えっ……」

「竹内君、マジ？」

委員長とリサちゃんは目を見開いて驚いた。

なんたって男の腰には拳銃が差さっている。しかも、理科室に捕らわれてからも何度か、遠くから発砲音が響いていた。そうして放たれた銃弾の延長線上に、自分たちが立つことはないなどとは到底考えられない。

「いい案があるんだよ。どうか任せてもらえないかな？」

「竹内君、まさかとは思うけど、西野《にしの》君の影響とか受けてたりしないよね？」

「委員長の言いたいことは分からないでもないけど、勝算はあるよ」

「えぇぇ？　二人とも、西野君の影響ってどういうこと？」

「細かいことは終わってから説明するから、それでいいかな？」

これまでにも繰り返し、クラスメイトの為《ため》に頑張ってきたイケメンだ。そのように言われてしまっては、委員長とリサちゃんも駄目だとは言えなかった。しばらく悩んでから、二人は小さく頷いて応じる。

彼女たちが承諾したことで、竹内君に動きが見られた。

ゆっくりと立ち上がった彼は、理科室の出入り口に向かい歩いていく。

その挙動に気づいた見張りの男は、端末から目を上げて言った。

「なんだ？　大人しくしていろ」

「あの、すみません。トイレに行かせてもらえませんか？」

「あぁ？　だったら部屋の隅の方でしろ」

「えっ……」

交渉開始から早々、暗礁に乗り上げた竹内君。

けれど、彼は決して諦めなかった。

申し訳なさそうな表情を浮かべて、イケメンは男の下に向かいゆっくりと近づく。太ももをこすり合わせたりして、今にもおしっこが漏れそうだと訴えんばかり。委員長やリサちゃんの手前、それでも迫真のおトイレ宣言。

「ここには女の子の目がありますし、匂いとかも気になると思うんですよ。どうかトイレに行かせてもらえませんか？　できれば大きい方もしたくて、そちらとしても匂いが身体《からだ》につくようなのは困りませんか？」

「構わない、そこでしろ」

有無を言わせぬ先方に対して、竹内《たけうち》君は必死にトイレを訴える。

どうか何卒《なにとぞ》と訴えながら、少しずつ男に向かい近づいていく。

「後生ですから、どうかトイレに行かせて下さい。見張りの手が足りていないようでしたら、部屋の出入り口を出てすぐのところでもいいです。せめて彼女たちまで匂いが届かないところでさせてもらえたらと」

「駄目だ。部屋の中でしろ」

男は苛立《いらだ》ちを隠そうともせず、繰り返し室内での排泄《はいせつ》を促す。

やがて、竹内君と見張り役の間隔が一定まで近づいた。

それは前者が備えた異能力の射程圏内。

「ここには紙がないじゃないですか。あの、ポケットティッシュとか……」

「お前、撃たれたいのか？」

男の手が腰に差した拳銃に伸びたのと同時、竹内君は唾をぺっぺした。

勢いよく吹き出された唾液が、男の顔にベチャリと張り付く。

委員長とリサちゃんは目を見開いて驚いた。

次の瞬間には、竹内君の撃たれる姿が脳裏に浮かんでいた。

当然ながら男は怒り心頭、その口からは怒声が発せられる。

「この野郎、ふざけやがっ……」

しかし、それは最後まで言葉にならなかった。

男の頭部、竹内君の唾液が触れた部分がシュウシュウと音を立てて溶け始めた。過去、ローズの指先を焼いたのと同じ反応だった。患部はいつの間にやら紫色に変色しており、皮膚の下から肉が見え始める。

「あっ、あぁぁあああああ！」

男からは絶叫が上がった。

竹内君は狼狽《ろうばい》する男に近づき、利き足を大きく振り上げる。

サッカー部で鍛えた健脚が、先方の顎をスパンと綺麗《きれい》に打ち抜いた。

「あがっ……」

頭部を激しく揺さぶられたことで、相手はその場に卒倒。

以降はピクリとも動かなくなる。

悲鳴も途絶えた。

「嘘《うそ》、い、今のって……」

「竹内《たけうち》君、めっちゃ格好《かっこ》いいんですけど」

たった一度のハイキックで男を仕留めたイケメン。

リサちゃんがその事実に驚いている一方、委員長は男が唾を吐きかけられただけで、悲鳴を上げ始めたことに疑問を覚えていた。思えば彼女は以前にも、同じような光景を目の当たりにしている。

西野《にしの》と逃避行にあった時分、シェアハウスで見ず知らずの男たちに襲われたところを、今回と同じように竹内君に助けられていた。当時は水鉄砲を掲げて、争いの場に割って入ったイケメンである。

思い起こせば、その中身については説明を受けた覚えがない志水《しみず》だ。西野たちが毒だなんだと話をしていたことは覚えているが、その出処《でどころ》が竹内君の体液、おしっこであったとは夢にも思わない。

「まさかとは思うけど、竹内君、もしかして西野君と同じような……」

「色々と気になるとは思うけど、まずはここから逃げ出さない？」

「う、うん」

理科室の壁に沿って設けられた、学習用の機材を収めている棚。そのガラス戸を割って、竹内《たけうち》君は内側に収められていた教材用のナイフをゲット。委員長たちの下に戻り、各々の手首を縛っていた縄を解いた。

ついでに倒れた男から拳銃を回収。

「竹内君、凄《すご》いよ。今のマジでヒーローって感じだった」

「こんなの本職と比べたら大したことはないよ、リサちゃん」

「本職？　それって卒業旅行のときのタローさんとか？」

「だったらよかったんだけどさ」

理科室を脱した委員長たちは、二年A組を目指すことにした。

ノラと合流する為《ため》である。

また、上手《うま》くすればガブリエラとも再会できるかもしれない。彼女の助力を得られたのなら、連れ去られてしまった鈴木《すずき》君を助けに向かうことができる。そのように考えて階段を階下に向かい急いだ。

◇◆◇

職員室前でローズと別れた西野《にしの》は一人で体育館に向かっていた。

その途中、彼は廊下で見知った人物と出会った。

場所は二年A組の教室が収まっている棟の一階だ。すぐ近くには階段ホールが見られる。一般教室がAから順番に並んでいることも手伝い、彼の教室はこれを登ってすぐのところにある。

「鈴木君、こんなところでどうした？」

「あぁ、に、西野か……」

その手には口の開かれた学校指定のスクールバッグ。中にはペットボトルや缶が沢山詰め込まれている。かなりの量を運んでいるようで、柔らかい生地が内側から押されて凸凹としていた。

これを視線で示して、鈴木君はフツメンに言う。

「ほら、そこの自販機で飲み物を調達してたんだよ。ずっと教室にこもりっぱなしだと、喉が渇くだろ？　皆も不安でイライラし始めてるから、これでどうにか落ち着いてもらえないかって考えてさ」

「流石《さすが》は鈴木君だ。だが、危ない真似《まね》は控えたほうがいい」

「……そうだな」

普段であれば反発必至である西野の上から目線な物言い。

けれど、鈴木《すずき》君は神妙な面持ちで頷《うなず》いた。

続けざまに彼はバッグから飲み物を一つ取り出し、それを西野《にしの》に差し出す。

「西野もよかったら一つどうだ？」

「自分なんかがもらって構わないのか？」

「なんかよく分からないけど、俺らの為《ため》に頑張ってくれてるんだろ？」

「いいや、むしろ自分のせいで皆に迷惑をかけてしまっている」

「だとしても、お前が頑張ってるのは事実なんだろ？　ほら、もらってくれよ」

「……ありがとう、鈴木君」

西野は素直に頷いて、鈴木君から飲み物を受け取った。

今しがたの説明にあったとおり、少し歩いたところにある自動販売機でも販売されている缶コーヒーだ。学校ラブのフツメンは鈴木君の面前、すぐにプルタブを引いて、これを一息に飲み干した。

そして、空になったスチール缶をジッと物憂げに見つめて語る。

「普段より、幾分か美味《うま》く感じられる」

相変わらず、こういうのが格好《かっこう》いいと信じて止《や》まない。

鈴木君は思った。

どうしてこいつは素直にごちそうさまと言えないのだろう、と。

けれど、イケメンは喉元まで上がってきた文句を飲み込んで応じた。

「そんじゃあ、俺はクラスに戻るから」

「叶《かな》うことなら、教室まで送らせてもらいたいのだが」

「そんなの必要ねぇよ。すぐそこだし」

「いや、しかしだな……」

「いいからさっさと行けよ。そうしないと、もっと沢山のやつが大変なことになっちまうかもしれないんだろ？　そんなことになったら俺は、お前のこと絶対に許せねぇから。だから、頼むからもう行ってくれよ」

「分かった。だが、どうか気をつけて欲しい」

「あぁ、そうだな」

西野の言葉に頷いて、鈴木君はバッグを片手に階段を上っていった。

その背が見えなくなるまで見送ったところで、西野も再び駆け出した。

◇　◆　◇

竹内《たけうち》君たちが理科室を出発した同時刻、絶体絶命の危地にある人物がいた。

現場は階段ホールにほど近い廊下。

西野《にしの》と鈴木《すずき》君が遭遇したのとは別フロアの一角。

多数の生徒と銃を手にした男が見られる。

後者は片手で拳銃を構えつつも、ホールを過ぎた廊下に尻餅をついている。その正面には床に倒れて衣服を乱した女子生徒と、彼女を守るように立った男子生徒。残る生徒は男を挟んで男子生徒とは反対側に固まっている。

「この野郎、撃ち殺してやろうか？」

銃を片手で構えた男が、身を起こしながら唸《うな》るように言った。

もう一方の手では、社会の窓から露出していた性器をせっせと中にしまっている。生徒たちの面前、女子生徒にいたずらをしようとしたところ、正面に立った男子生徒から不意打ちを受けたようであった。

しかし、拳銃が出てきたことで形勢逆転。

女子生徒を守らんとした男子生徒の生命は風前の灯火《ともしび》。

そんな光景が同所では、今まさに繰り広げられていた。

「はっ！　やれるもんならやってみろよ」

矢面に立った男子生徒は、大きく声を張り上げて男を煽《あお》る。

同時に倒れた女子生徒に向けて、早く逃げろと視線で示した。

彼女は大慌てで立ち上がり、男から距離を取った。

「このガキ、自分が撃たれないと思ってるんじゃないだろうな？」

「そういうオッサンは、人を撃つ度胸がないんじゃないのか？」

男子生徒は軽口を叩《たた》きながら、男を挟んで反対側に集まっていた生徒たちに顎をしゃくる。この場から逃げろと言外に訴える。生徒たちはしきりに頷《うなず》いて、騒動の場から踵《きびす》を返さんとした。

しかし、そうした彼の訴えはすぐさま相手に見透かされてしまう。

「逃げるんじゃねぇよ！」

後ろを振り返った男が吠《ほ》えた。同時に拳銃がパァンと甲高い音を立てる。天井に向けて放たれた銃弾が、生徒たちの固まっていた辺り、その上部に設置されていた照明を砕く。割れた蛍光灯がバラバラと廊下に落ちる。

生徒たちの動きは止まり、立て続けに悲鳴が上がった。

慌てた男子生徒は、男の注目を自身に向けるべく口上を続ける。

「学校に忍び込んで未成年に襲いかかったかと思えば、今度は実弾を発砲とか、完全に人生詰んでるじゃん。これで死人でも出ようものなら、死刑は免れないだろ。その覚悟がオッサンにはあるのかよ？」

「こっちが大人しくしていりゃ、いい加減にしろよ？」

「やっぱり人を撃つ度胸なんてありゃしないんだ」

「上等だ、そんなに死にたきゃ殺してやる！」

繰り返し煽《あお》られたことで、先方は激昂《げきこう》。

苛立《いらだ》った男は躊躇《ちゆうちょ》なく引き金を引いた。

直前、腕の動きを目の当たりにしたことで、男子生徒は無我夢中の跳躍。

廊下から階段ホールのスペースに向かい横っ飛び。

銃弾は彼の肩を掠《かす》めて、そのまま後方の廊下に着弾した。

「このクソガキ、絶対に殺してやる！」

「ちくしょう、やっぱり先輩みたいに格好《かっこ》良くはできないわ……」

観念した様子で男子生徒はボソリと呟《つぶや》いた。

時を同じくして、彼が背にした階段から人の降りてくる気配が。

理科室を脱出した委員長、リサちゃん、竹内《たけうち》君の三名である。彼らは階段の中程まで降りると、階下に見知った下級生の姿を確認して歩みを止めた。その先にはどうしたことか、銃を構えた見るからに粗暴な格好の男がいる。

委員長の反応は早かった。

彼女は竹内君が手にしていた銃を見つめて言う。

「竹内君、それちょっと借りたい」

「え？　あ、うん」

イケメンは咄嗟《とっさ》に頷《うなず》いて、拳銃を彼女に差し出す。

理科室で倒した男から回収した一丁である。

志水《しみず》はこれを奪うように受け取り、即座に構えた。

照準は階下、階段ホール前で銃を構えていた男。

その手元に向けて、躊躇なく引き金を引いた。

パァンという乾いた音と共に、男の手から拳銃が飛ぶ。

「っぅ……！」

先方は短く悲鳴を上げて、撃たれた手を庇《かば》うように背を丸めた。

これには竹内君とリサちゃんもビックリである。

取り分け後者は目を見開いて志水のことを見つめている。

「委員長、マジ？」

先日帰ってきたばかりの修学旅行、グアムで射撃場に足を運んでおいてよかった、とは誰に語るでもない委員長の胸の内である。それでも西野《にしの》やフランシスカが目の当たりにしたのなら、声を上げて驚いたに違いない。

他方、九死に一生を得た男子生徒は即座に駆け出した。

飛ばされた拳銃を求めて駆け出した男の後方、その頭部にソバット。

後頭部に直撃を受けた相手は、そのまま前のめりに倒れて静かになった。

「……よし」

しばらく待っても男に動きは見られない。

これを眺めて男子生徒は小さくガッツポーズ。

背後では階段を降《くだ》った委員長たちが彼の下へ駆け寄った。

「向坂《むこうさか》、だ、大丈夫か？」

「ありがとうございます！　先輩方のおかげで助かりました！」

竹内《たけうち》君からの問いかけに、男子生徒はニコッと笑みを浮かべて応じた。

そう、ブレイクダンス部の部長、向坂敦司《あつし》である。

部活動に向かう途中、数名の女子生徒が男に襲われている場面に遭遇。駆けつけて後者に蹴りを入れたところまでは良かった。しかし、先方が拳銃を取り出して憤慨し始めたことで、ピンチに陥っていた彼である。

「今の銃声はもしかして、そちらの先輩が？」

「え？　あ、いや、これは……」

向坂の注目が委員長と、彼女が手にした拳銃に向かう。

咄嗟《とっさ》に志水《しみず》は大慌てでブツを背中に隠した。

咄嗟に撃ってしまったものの、本来であれば違法の品。グアムならまだしも、国内で撃ったとあらば前科は免れない。しかも銃弾は人に命中している。まさか素直に頷《うなず》く訳にもいかず曖昧な笑みを浮かべることになる。

しかし、居合わせた他の生徒は彼女の活躍をしっかりと目撃していた。

「あれって二年の志水センパイじゃない？」「一緒にいる竹内センパイと同じ二年A組の人だったよね」「っていうか、今のマジ凄《すご》くなかった？」「あれって絶対に本物でしょ」

「めっちゃパァンって聞こえたよね」

それでも委員長はなんとなく予感していた。

多分、銃刀法違反で捕まることはないと。

もし仮に警察官に咎《とが》められたとしても、フランシスカに事情を説明したのなら、どうにかしてくれるのではないかと。過去にも何度か似たような状況に追いやられつつ、それでも見逃されてきた経緯のある委員長だ。

慌てる志水をフォローするべく、竹内君が向坂に言った。

「もしよければ、向坂たちも一緒に来る？」

「いいんッスか？」

「その方が安全だと思うし、どうかなって考えたんだけど」

「ぜ、是非お願いします！」

襲われていた女子生徒や、その後ろで肩を寄せ合っていた面々も、コクコクと必死に頷いて応じる。気を利かせたリサちゃんが声を掛けたところ、向坂を除いた生徒一同は、全員一年生の女子であることが判明した。

なんでも放課後、遊びに出かけるところであったらしい。

「向坂《むこうさか》君、本当にありがとう」「私たち、もう駄目だと思ってたよ」「最後のケリ、めちゃくちゃ格好《かっこ》良かった！」「アレはもう惚《ほ》れちゃうよ」「向坂君がやってるブレイクダンスって、ああいう技もあったりするの？」

彼女たちは向坂を囲ってやいのやいのし始める。

人数を増やした委員長たちは、当初の予定どおり二年A組に向かい進路を取った。

◇◆◇

委員長たちが学内で活躍しているのと同時刻、西野《にしの》は体育館に到着した。

校内放送に指示されるがまま、同所を訪れたフツメンである。校舎との間を結んでいる渡り廊下を過ぎて、正面の出入り口から館内に入る。ドアは普段と変わらず開けっ放しであって、すんなりと足を運ぶことができた。

そうして訪れた館内、広々としたフロアは静けさに包まれていた。

普段なら聞こえてくる生徒たちの気配、バスケット部のボールをつく音や、バレー部の声出しといった活気が、これっぽっちも響いてこない。というのも館内には、生徒の姿が一人も見当たらなかった。

代わりに一人、舞台の上に人が立っている。

スーツ姿の男性だ。

体育館に足を踏み入れた西野は、悠然とその下まで近づいていく。

両手をズボンのポッケに突っ込むことも忘れない。

何故《なぜ》ならば相手も同じように、両手を左右のポケットにインしているから。

「こちらを名指しして呼び出してくれたのはアンタか?」

「よく来てくれたよ、【ノーマル】」

先方の顔立ちは西野も覚えのあるものだった。先日、マーキスから受けた仕事のターゲットに他ならない。三十代も中頃と思《おぼ》しき白人男性だ。顔立ちに優れており、身長もかなり高くて、フツメンよりも頭一つ分は上と思われる。

少し長めのクルーカットに整えられたブロンドの頭髪は、アジア圏の人間が白人男性と聞いて思い浮かべる典型的な装い。スーツが良く似合う脚長でスラリとした体格は、寸胴《ずんどう》なフツメンからすれば、理想と称しても過言ではない。

返ってきたのも流暢《りゅうちょう》な英語だった。

「資料の上では繰り返し確認していたが、こうして本物を眺めてみると、恐怖よりも驚きが先行する。フランシスカが偽の情報を流しているのではないかとも疑っていたのだが、まさか本当にこんな小柄な少年だとは」

「そういうアンタは写真で眺めたより男前のようだ」

「他の誰でもない【ノーマル】からそのように評されるとは光栄だね」

先方に合わせて、フツメンも英語でやり取りを交わし始める。

体育館の正面に設けられたステージ、その中央に立ったイケメンと、これを下から見上げるフツメン。傍《はた》から眺めたのなら、平然と構えた前者に対して、後者が必死にイキっているようにしか見えない。

しかし、実際にはズボンのポケットの内側、震えの止まらない手で必死にコンパクトガンを握っているイケメンだ。一方で西野《にしの》のズボンのポケット内では、ゴミ箱に捨て損ねた使用済みティッシュと指先がバトル。

「わざわざこんなところまで足を運んだ理由を尋ねたいのだが？」

「単刀直入に言うが、【ノーマル】の協力を得たい」

「仕事の話であれば、仲介人を通してもらおう」

「申し訳ないが、僕にはその時間がないんだよ」

「それはアンタの都合だ。こっちには関係がない」

「報酬は十分な額を用意している。フランシスカが出していた報告書に従うのなら、これまで君が受けてきた案件とは比較にならないだろう。なんなら金銭以外にも、色々と都合することができる。こう見えて顔が広いものでね」

スーツの男は身体《からだ》の震えを誤魔化《ごまか》すよう軽快に語る。

対する西野は、普段からの仏頂面で臨んだ。

「だったら仕事の相手も、その広い顔で探したらいい」

「今回の仕事は【ノーマル】以外には不可能だと考えている」

「亡命先のご指名か？」

「フランシスカから聞いたのかい？　なんてお喋《しゃべ》りな同僚だ」

まるで映画のワンシーンを思わせる構図だった。

なにかとこの手の構図に至りやすいフツメンのトーク現場。しかし、圧倒的に足りていない本人の顔面偏差値が、シーンの信憑性《しんぴょうせい》を著しく下げている。その存在に引っ張られて、如何《いかん》せん胡散臭《うさんくさ》さが先に立つ。

「ところで、生徒の姿が見られないようだが」

同所を訪れてから、西野がずっと気にかけていた事柄だった。

館内を見渡すようにして彼は言う。

そろそろ部活動が始まる時間帯。本来であれば、体育館内には運動着姿の生徒が見られたことだろう。それが人っ子一人見当たらない。そこいらに放置されたバスケットボールや、設営途中のバレー用のネットがフツメンの危機感を煽《あお》った。

「それも含めて、君とは案件の話をしたいと考えている」

「……そうか」

ニコリと笑み浮かべた先方に、西野《にしの》は小さく頷《うなず》いて応じた。

なんとなく想定はしていたフツメンである。

「アンタの要求は？」

「こちらの仕事を受けて欲しい」

「分かった、具体的な話を聞こう」

「本当かい？　まさかこうまでも簡単に【ノーマル】の協力が得られるとは思わなかったよ。こんなことならもっと早く、君の知り合いに仲介を頼めばよかった。世の中、面白いこともあるものだね」

「さっさと話をしたらいい」

「用件は簡単だ。僕を亡命先まで送り届けて欲しい」

「それだけか？」

「君には亡命先で仕事に当たってもらいたく考えている」

「これまた随分と贅沢《ぜいたく》を言ってくれる」

「やることに変わりはない。フランシスカと組んでいるのと同じだ」

「あの女と組んだつもりはないのだがな」

「グアムでの件、僕なんかのところにまで噂《うわさ》が聞こえてきているよ」

「さて、なんのことだか」

普段であれば、より上から目線で軽口を叩《たた》いていただろう西野。しかし、学校全体を人質に取られたことで、会話にキレが見られない。斜めに構えつつ、どう対処したものかと思考を巡らせる。

「いずれにせよ君には選択肢なんてない。ね、違うかい？【ノーマル】」

「次の瞬間にも、アンタの首が飛んでいるかもしれない」

「そのときは学内に入り込んだ者たちが、君の知り合いや学校関係者に銃を向けるだろう。把握しているか否かは分からないが、現時点ではまだ、被害らしい被害は出ていないと思うのだけれどね」

「…………」

平然を取り繕いつつ、男は笑みを浮かべたまま語る。

今回ばかりはフツメンも、上手《うま》い返事が出てこなかった。

◇◆◇

委員長と竹内《たけうち》君、リサちゃんの三人、これに向坂《むこうさか》と数名の女子生徒を加えた一団は、当初の予定どおり二年A組の教室に到着した。後者と合流して以降は、得体のしれない男たちと出会うこともなかった。

しかし、目的地には誰の姿も見られない。

代わりに発見したのは、西野《にしの》の席に残された書き置きである。堅苦しい表現を多用していながら、ふにゃふにゃでお世辞にも上手《うま》いとは言えない文字。委員長は残されていたメモの先に、奥田《おくだ》さんの姿を垣間見《かいまみ》た。

「委員長、どうしよう？」

「ここで待っていても仕方がないわね」

あまりにも残念な展開である。以降はノラに頼る気も満々の志水《しみず》だった。それならせめて、事前に連絡の一つくらい入れてくれてもいいじゃない、などと考えかけて、広域無線が不通であったことを思い起こす。

なにより、竹内《たけうち》君やリサちゃんのみならず、向坂《むこうさか》を筆頭とした下級生一同からも注目されている状況、泣き言を口にすることも儘《まま》ならない。それをしたら松浦《まつうら》さんと同じになってしまうじゃないのと、自らを奮い立たせる。

「俺らもノラちゃんたちに続いた方がよくない？」

「うん、私も竹内君と同じ考え」

「それじゃあ行こっか！」

努めて明るく振る舞ってみせるリサちゃんは、相変わらず委員長が大好きだ。

反対意見は一つも上がらなかった。

フツメンが居ないだけで、こうまでも意見の統一が容易《たやす》い。

廊下に出た面々は、駆け足で昇降口に向かった。

全員が靴を履き替えたところで屋外に進む。

すると、正門まで後少しといった辺りで竹内君が声を上げた。

「ちょっと待った、正門のところにヤバそうなバンが何台か停《と》まってる」

彼が指摘した通り、学校の敷地のすぐ外には何台かの自動車が停車していた。業務用でよく利用される車種だ。フロントを除いた窓ガラスにはスモークが張られている。それが複数台となると、状況的に考えてかなり危うく感じられた。

「うーん、空っぽだったりしないかなぁ？」

「リサちゃん、その可能性にかけるのはちょっと怖くない？」

「だったら体育館脇の裏口から出るとか？」

「私はリサの案に賛成」

「よし、じゃあそれでいこう。向坂たちもそれでいいか？」

「うぃっス！　自分は先輩たちの判断に従います！」

回れ右をした委員長たちは、屋外の通路を駆け足で移動。

学校の敷地内を体育館に向けて進む。

やがて、校舎と体育館の出入り口を結んでいる渡り廊下の辺りまで、面々の歩みが差し掛かった時分のこと。彼女たちの行く先を阻むように、拳銃を手にした男たちが二名、物陰から姿を現した。

「ちょっと待とうか。ここから先は立入禁止だ」

「大切なお話をしている最中だからな」

共に校内で出会った侵入者と同様、ひと目見てヤクザや半グレの仲間だと思われる出《い》で立《た》ちをしていた。頭部の目立つところに入れられた入れ墨など、とてもではないが、まっとうな社会人とは思えない。

駆け足で進んでいた志水《しみず》たちの足取りも、その場でストップ。

「い、委員長っ……」

リサちゃんの口からは不安げな声が漏れた。

竹内《たけうち》君と向坂《むこうさか》も険しい面持ちとなり男たちを見つめる。そして、彼らの背後では数名からなる一年生の女子生徒が悲鳴を上げた。その場にしゃがみ込んで、もう無理だと泣き出してしまう子もチラホラと。

対して、間髪を容《い》れずに拳銃を構えたのが委員長である。

もはや条件反射の域となったポージングには、男たちもギョッとした。

先方も大慌てで手にした銃を相手に向ける。学生が銃を持っているはずがないとは思いつつも、自分たちが持ち込んだものを偶然から拾ったのではないか、という可能性は否定できなかったようだ。

結果、互いに銃を構えたまま膠着《こうちゃく》状態。

「お嬢ちゃん、その物騒なものはどこで拾ったんだ？」

「まだ六発、弾は残っているわ」

「…………」

移動の最中にも残弾数を確認していた委員長は抜け目がない女だ。

ちなみに先方への自己申告もサバを読んでいる。

実際の残弾数は八。

今のちょっと西野《にしの》っぽい、とはリサちゃんと竹内君に共通した見解である。

「お嬢ちゃん、知っているかい？　最近はこういった学校なんかにも、監視カメラが沢山ついてるんだ。ほら、そこのところにもあるだろう？　あれはどれも録画されていて、後で確認できるようになってる」

男の片割れが、委員長を諭すように語り始めた。

相手はまだ十代の年若い娘。

上手《うま》いこと言いくるめようという算段だった。

「当然、拳銃なんて撃ったら大変なことだ。お嬢ちゃんは銃刀法違反で前科一犯。進学や就職もおじゃんだ。だからほら、それを足元に置いたらいい。大人しくしていれば、こっちも意味なく撃ったりはしないから」

男は小さく笑みを浮かべて語る。

たしかにそうかもしれない、とはリサちゃんの素直な思いである。けれど、ここ最近で悪い大人と接点を持ち過ぎた委員長は、素直に耳を傾けることができなかった。人質として連れ去られる可能性もあるじゃないの、云々《うんぬん》。

「…………」

「なぁ、どうだい？　お嬢ちゃん」

常人であれば極度の緊張から混乱をきたしそうなもの。事実、男たちは焦りを覚えていた。全身からぶわっと吹き出した汗がシャツを濡《ぬ》らしていく。荒事を生業《なりわい》としていても、面と向かって銃口を突きつけられるような機会は滅多《めった》にない。

他方、僅か二、三ヶ月という短い期間で、一度ならず二度、三度と繰り返し銃口を突きつけられた上、銃撃戦まで経験してきたのが委員長である。しかも背後には守るべき友人や後輩の存在。こうなると志水《しみず》は止まらない。

使命感に駆られた彼女は、本人も驚くほど冷静に状況を捉えていた。

せめてリサたちを学外に逃さなければ、と。

銃を構えた姿勢のまま、目玉を動かして周囲の様子を窺《うかが》う。

なにか役に立つものはないかと意識を巡らせる。

すると視界の隅、ふと目に入ったのが太郎助《たろうすけ》と来栖川《くるすがわ》アリス。

騒動の場から数メートルの地点。男たちからは死角となる位置取り。建物の陰に隠れた二人が、彼女たちの様子を遠目に窺っているではないか。しかも、前者の手には委員長と同じく、拳銃が構えられているからどうしたことか。

互いに目が合ったことで、先方には反応が見られた。

太郎助は拳銃を片手で構えつつ、銃口を人差し指で示す。次いで、その指先を向かって正面に向けたかと思えば、右に向かい小さくクイクイと動かした。これを志水《しみず》と視線を合わせたまま延々と繰り返す。

「…………」

あの人は何をしているのだろう。

必死に考えたところで、ふと思い至った委員長はお返事をアクション。

彼女は銃を両手で構えた姿勢のまま、左の肩の辺りで軽く頬を擦《こす》った。

男たちには一瞬の緊張が見られたが、発砲されるには至らない。汗を拭ったのか、肌に痒《かゆ》みを覚えたのか、それとも銃を構えている腕が疲れたのか。いずれにせよ生理的な動きとして捉えられたようだ。

太郎助からはすぐさま頷《うなず》きが返ってきた。

視界の隅でOKのハンドサインを掲げるイケメンの姿が。

これを確認したところで、委員長に動きが見られた。

「わ、分かったわ」

バンザイをするよう、銃を持ったまま両手を頭上に上げる。

銃口は空を向き、指もトリガーから外れた。

「大人しくするから、私以外は逃してもらえませんか？」

「ああ、もちろんだとも。代わりに銃から弾を抜いて足元に置くんだ」

「このまま残ってるのを空に撃てばいいの？」

「……その姿勢のまま、トリガーの横にあるレバーを引け」

男に言われるがまま、委員長は片手でマガジンのリリースレバーを引いた。

真っ直《ます》ぐに抜けた弾倉が足元に落ちて、ガチャンと大きな音を立てる。

「次は上のスライドする部分をもう一方の手で引っ張って……」

男からは指示の声が続けられる。

これをかき消すよう、界隈《かいわい》にパァンパァンと甲高い音が響いた。

時を同じくして、二人いた男のうち一人がバタリと倒れる。

横たわった身体《からだ》の下、すぐさま血液が染み出して、顔の辺りに真っ赤な血溜《だ》まりが生まれ始めた。どうやら頭部に当たったようだ。その光景を目の当たりにしたことで、女子生徒たちから殊更に大きな悲鳴が上がった。

残る一人の男は相棒が倒れた方向から、銃弾が飛んできた方角を把握。

「っ……！」

即座に銃を構えて警戒態勢を取る。

しかし、既に首を引っ込めた太郎助《たろうすけ》たちは見当たらない。

銃口が他所《よそ》に向いたのを確認したことで、委員長が動いた。

彼女はマガジンが外れたままの銃を男に向けて構える。

相手には碌《ろく》に反応している余裕もなかった。

「っ……」

視界の隅に志水《しみず》の挙動を捉えて、そんなまさかと驚愕《きょうがく》に目を見開く。マガジンリリースも知らなかったじゃないの、とは声にならない訴え。なのに今は引き金を引けば銃弾が出ると確信したかのような面持ちで、照準越しに男を見つめている。

委員長は躊躇《ちゅうちょ》なくトリガーを引いた。

優先順位の判断に失敗した男は、銃弾を受けて地面に倒れた。

一人目と同じく頭部を撃たれて、すぐに動かなくなった。

男たちに反応が見られなくなったことで、女子生徒たちも落ち着きを取り戻した。彼女たちは恐る恐るといった表情で、渡り廊下に倒れた男たちを遠巻きに眺める。リサちゃんと竹内《たけうち》君も同じような感じだ。

そうこうしていると、建物の陰から太郎助が姿を現した。

傍《かたわ》らには来栖川《くるすがわ》アリスの姿も見られる。

二人は駆け足で委員長たちの下にやって来た。

「大丈夫だったか？　また随分と大変なことになっているが」

「志水さん、どうもお久しぶりでーす」

「危ないところを助けて頂き、本当にありがとうございます」

大仰にも頭を下げて応じる委員長。

その傍らでは太郎助の姿を目の当たりにしたことで、女子生徒たちが賑《にぎ》やかにし始めた。既に面識のあるリサちゃんや竹内君、向坂《むこうさか》といった面々も、多少なりともその存在を意識して背筋を正している。

「いいや、半分はアンタの手柄だろう。それにこっちも助かった。アンタたちが先に突っ込んでいなかったら、自分たちが同じ状況に陥っていただろうからな。そういった意味じゃあ持ちつ持たれつだ」

一方で太郎助もまた、緊張から胸の鼓動を激しくしていた。

まさか志水が一発勝負に打って出るとは思わなかった彼だ。

自然と口からも疑問の声が漏れた。

「しかし、もう少し粘っても良かったと思うんだが」

「あの、粘るというのは……」

「マガジンをリリースしたのも演技だったんだろう？」

「勝手な判断をすみません。ああした方がこっちに銃が向けられる可能性が低いんじゃないかと思ったんです。ただ、代わりに太郎助《たろうすけ》さんたちに注目が向かってしまったのは、あの、ご迷惑をお掛けしてしまい本当に申し訳ありませんでした」

「いや、それはいいんだ。ただ、ちょいとばかり驚いたものでな」

コイツはなかなかロックだぜ、とは志水《しみず》に対する彼の寸感。自分に同じことができるだろうかと、自問自答の太郎助である。きっと無理だろうと結論が出たところで、勝手に負けた気分になっているイケメンだ。

二人のやり取りを耳にしては、リサちゃんからも声が上がった。

「委員長、今のってどうして撃てたの？」

「あの四角いのが外れても、一発だけは撃てるらしいの」

「へぇ、そうなんだ」

「無理なのもあるらしいんだけど、これは大丈夫なのだったから」

「よくそんなこと知ってたね」

「前に西野《にしの》く……え、映画で見たの。アクション映画で」

「…………」

委員長は地面に落ちたマガジンを拾い上げて、これを装填《そうてん》しつつ答える。

やたらと熟《こな》れた手付きにリサちゃんは疑念の眼差《まなざ》し。

これ絶対に普通じゃないと思うんだけど、と。

シェアハウスで武装集団から襲撃を受けた際や、グアムで銃を受け取った時分に、フッメンから繰り返し講釈を受けていた委員長だ。以来、自然と興味が湧いたことで、暇なときにガンマニアのサイトを眺める機会もあった。

しかし、本当に役に立つ日が訪れるとは思わない。

ヤマが外れまくる英語のテストとは雲泥の差である。

「話は変わるんだけど、どうして太郎助さんや来栖川《くるすがわ》さんが……」

周囲からの視線に居心地の悪さを感じた彼女は、率先して話題を変えようとする。本日の昼休み、剽軽者《ひょうきんもの》から伝えられた来栖川アリス来訪の知らせは、西野とのランチタイムに向けて教室を出ていた委員長には伝わっていなかった。

すると、彼女の発言を遮るように第三者の声が響いた。

「おい、あそこだ！」

野太い男性の叫び声である。

直後にはバタバタと幾つもの足音が連なるように聞こえてきた。

咄嗟《とっさ》に目を向けると、そこには武装した男たちが多数窺《うかが》える。

「こ、校舎内に戻るぞ！」

太郎助《たろうすけ》が叫ぶように言った。

素直に頷《うなず》いた委員長たちは、大慌てで踵《きびす》を返す。

渡り廊下の先にあった校舎に入り込む。

すると、彼らの背を追うようにして何発も銃弾が放たれた。仲間がやられたことで気が立っているようだ。ただし、銃撃はどれも碌《ろく》に照準されていなかったようで、幸い誰にも当たることはなかった。

皆々は雪崩《なだ》れ込《こ》むようにして校内に入り、建物の壁に身を隠す。

このまま近づかれては堪《たま》らないとばかり、校舎の出入り口から腕を出した太郎助が、当てずっぽうに銃を撃ち放つ。志水《しみず》も彼の行いに倣い、男たちの姿が見えていた方向に向かい繰り返し引き金を引いた。

「気をつけろ、銃を持ってるぞ！」

先方からは二人の対応を受けて警戒の声が響く。

銃声は鳴《な》り止《や》むことを知らず、絶えず校舎の壁を削る。

これを尻目に太郎助と竹内《たけうち》君の間では今後を巡って一問一答。

「このままだとジリ貧だな」

「に、逃げますか？」

「ここから逃げたところで、外に出られないことにはな……」

「出入り口にこだわらなくても、フェンスよじ登って逃げたらどうですか？」

「さっき確認したんだが、目に見える範囲には電気が流されていたんだ」

「マ、マジですか⁉」

「マジですよぉ。ここの生徒さん、フェンスの前でビリビリしてましたから」

「えっ……」

来栖川《くるすがわ》アリスからも補足が入った。

侵入者一同の本気具合を理解して、イケメンも顔色を青くする。相手がそこまで徹底しているとは考えていなかったようだ。渡り廊下から迫った男たちの存在と合わせて、今後に不安ばかりが募っていく。

彼らのやり取りを耳にしては、他の生徒にも悲愴《ひそう》感が漂い始めた。

またも追いかけっこが始まるのかと、誰もが意気消沈。

向坂《むこうさか》が助けた女子生徒たちの反応など顕著だ。

そうした只中《ただなか》のことである。

屋外の男たちに異変が見られた。

「ちょっと待てよ、狙われてないか⁉」「ど、どこから撃ってるんだ？」「っあぁあああああああ！」「どいつだよ、銃を奪われやがったクソは」「さっきのヤツらじゃないのか⁉」「に、逃げろ！　こいつはヤベェ！」

きっかけは急に勢いを増した銃声である。

その数が増えたのと同時に、男たちから悲鳴が上がり始めた。

委員長たちはおっかなびっくり、校舎の出入り口から顔を出して外の様子を窺《うかが》う。するとそこでは物陰に隠れた男たちが、必死になっている姿が確認できた。誰もが銃を構えつつも、銃口を向けるべき相手が見つからずに苦労している。

そして、彼女たちが眺めている間にも、銃声は繰り返し響いた。

発砲音が鳴るのに応じて、一人、また一人と男たちが倒れていく。

「えっ、な、なにこれ……」

「この感じ、西野《にしの》じゃないのか？」

「西野君ってこういうとき、銃とか使わなかったような」

驚きから声を上げたリサちゃんと、何かを感じたらしき太郎助《たろうすけ》。

委員長は冷静な意見を口にした。

やがて、男たちは全員が撃たれて動かなくなった。

姿の見えない狙撃手を探している間に、或《あ》るいは恐怖から逃げ出した直後にも、次々と撃たれて地に倒れた。そして、以降はしばらく待ってみても、界隈《かいわい》に人の気配が生まれることはなかった。

これはどうしたことかと、委員長たちはその場で固まる。

すると彼らが注目している屋外とは反対側。

出入り口にほど近い階段ホールからカツカツと足音が響いてきた。

「っ……」

咄嗟《とっさ》に銃を向けて身構えたのが委員長と太郎助。

上階から姿を現した人物は、そんな彼女たちに軽い調子で言った。

「委員長、せっかく助けてあげたのに銃を向けるとか酷《ひど》くない？」

「えっ、松浦《まつうら》さん？」

志水《しみず》が呟《つぶや》いたとおり、上のフロアから姿を現したのは松浦さん。

階段を降りきった彼女は、真《ま》っ直《す》ぐに志水たちの下まで歩み寄ってきた。

そして、自らの興奮を隠そうともせず、満面の笑みを浮かべて言う。

「今の見た？　マジで凄《すご》くない？　リアルＦＰＳ最高なんだけど」

「……………」

二人のやり取りを耳にしたことで、居合わせた皆々は、屋外で倒れた男たちが誰の手によって撃たれたのかを理解した。それは委員長を相手に嬉々《きき》として、自らの手柄を語っている彼女の出で立《た》ちからも察することができる。

端的に称して、松浦《まつうら》さんフル武装バージョン。

両手に拳銃を握りしめた上、肩からは厳《いか》つい軽機関銃を下げている。制服の上にはタクティカルベストを着用しており、ポケットには予備のマガジンが所狭しと差し込まれていた。まるで戦争にでも向かわんとしているかのようだ。

「地形も碌《ろく》に把握しないで表に出てくるとか、エイムされても仕方がないよね」

「松浦さん、それどうしたの？　やたらと物々しい格好《かっこう》してるけど」

「ガブちゃんが倒したっぽい男たちからゲットしたんだけど？」

「あぁ……」

階段の崩落から別行動となったガブリエラ。

どうやら松浦さんは彼女の存在を求めて、一人で校内を移動していたようだ。取り急ぎ向かったのが、離れ離れとなるに至った現場。そこでガブちゃんが倒したと思《おぼ》しき男たちから、武装を剥《は》ぎ取って装備を充実させたようだ。

結果として、松浦さん、冬の校内エイム祭り。

「死体剥ぎとか、ＦＰＳの基本でしょ」

「いやこれＦＰＳじゃないから」

「グアムだとお小遣い足りなかったけど、今なら撃ち放題なの最高じゃない？　っていうか、修学旅行で射撃場に行っておいてよかったって思わない？　委員長だってそれ、一発くらいは撃っちゃったんでしょ？」

まったく否定できないのが悔しい委員長である。

同所での経験が少なからず生かされてしまった現場だ。

「松浦さんと一緒にしないで欲しいんだけど。こういうの普通に法律違反だし」

「ぶっちゃけ自分が死ぬよりはマシじゃない？　残機ゼロだから言うけど」

松浦さんは松浦さんで、色々とクエストしてきたようである。

語る瞳には別の世界が映っているように感じられた。

よくよく見てみれば、露出している肌には小さな擦り傷が多数窺《うかが》える。手の甲が一部、火で炙《あぶ》ったかのように焼けているのは、今更ながら目の当たりにして不安を覚えた志水《しみず》である。それは放っておいて大丈夫なのかと。

「聞いてよ委員長、マガジンを並べて次々と装着するのやったんだけどさ……」

「………」

爛々《らんらん》とした瞳を向けて語る松浦さん。

顔に張り付いた笑顔は怖いくらいにニコニコと。

その姿を眺めた委員長は、コイツ本格的にやべぇな、と思った。

◇◆◇

委員長たちが太郎助《たろうすけ》や来栖川《くるすがわ》アリス、松浦《まつうら》さんとの合流に沸き立っている時分。

体育館内では依然として、西野《にしの》とスーツの男が顔を向き合わせていた。

延々と他愛《たあい》ない軽口を繰り返し、時間を稼いでいたフツメンである。もしかしたらローズやガブリエラといった面々が、校内に入り込んだ者たちを排除してくれるかもしれない。

そんな淡い期待を抱いてのことだ。

しかし、彼の思惑は早々にも先方に看破されてしまった。

「さっきから随分と饒舌《じょうぜつ》だけれど、時間を稼いでいるのかい？」

「フランシスカの報告書には情報がなかったか？」

「たしかに彼女たちの存在は、こちらも決して無視できない」

「だったらアンタも理解できるだろう」

「だけど、それは無意味なんだ」

「何故《なぜ》そう言える？」

「さっき君は体育館に生徒がいないことを気にかけていたよね？」

「…………」

再び話題に挙げられた、部活動に取り組んでいただろう生徒たちの存在。

自然とフツメンの表情もこれまで以上に厳しいものとなる。

「悪いとは思うけれど、そこにある体育倉庫へまとめて突っ込ませてもらった。一緒に毒物を仕掛けてある。スイッチ一つでガスが室内に充満する仕組みだ。数分と経《た》たぬ間に絶命するだろう」

「そのような毒物、ここも危険なのではないか？」

「僕は事前に解毒薬を飲んでいるからね。多少は平気さ」

スーツの男は語るのと合わせて、懐から何かを取り出した。

それは中身の入ったバイアルだった。

彼が軽く振ると、チャプチャプと内側で液体が揺れる。

「銃火器もそうだが、よくまあ色々と手に入ったものだ」

「フランシスカも好き勝手にしているだろう？」

「あぁ、違いない」

「この国は色々と融通が利くからね。けど、それも今となってはなけなしの人手を利用して掻《か》き集《あつ》めた訳だけれど。同じことをもう一回やろうとしたら難しい。だからこそ、君には確実に仕事を受けてもらいたい」

「…………」

「人質が惜しくないのなら、無理にとは言わないけどね」

スーツの彼はジッと真剣な眼差《まなざ》しでフツメンを見つめて言う。

こうなっては西野《にしの》も折れざるを得ない。

学校関係者の命を危険に晒《さら》してまで、自らの青春を優先することはできなかった。

「分かった。アンタの仕事を受けよう」

「うん、そう言ってくれると思っていたよ」

「さっそくだが、国外への脱出ルートを検討したい」

覚悟を決めたフツメンは、淡々と頷《うなず》いて応じた。

◇◆◇

渡り廊下を通過した委員長たちは、当初の予定通り学校の裏口を目指した。

太郎助《たろうすけ》と来栖川《くるすがわ》アリス、松浦《まつうら》さんの三名も彼女たちに同行している。後者から話を聞いたところ、同じく裏口からの脱出を考えて、近くまで足を運んでいたとのこと。その過程で委員長たちが襲われているのを発見したらしい。

面々は体育館脇を通り抜けて、その先にある学校の裏口に向かう。

その途中、不意に志水《しみず》が立ち止まった。

「…………」

最後に耳にした校内放送、西野は体育館にお呼ばれしていた。すぐ近くまでやって来たことで、どうしても館内の様子が気になってしまった委員長である。窓から少し覗《のぞ》くくらいなら、大丈夫なんじゃなかろうかと。

「委員長、どうしたの？」

隣を進んでいたリサちゃんが声を上げた。

自然と彼女の歩みも止まる。

これに釣られて、行動を共にしていた皆々も後ろを振り返った。

「私、ちょっと体育館の様子を見てくる」

「えっ、そんなの危ないよ」

「ごめん、ちょっとだけ。皆は先に行ってくれて大丈夫だから」

「アイツなら放っておいても大丈夫じゃないか？」

「むしろ、俺らが人質になったりしたほうがヤバいよ」

太郎助や竹内《たけうち》君からも即座に声が上がった。

それでも志水は頑《かたく》なに食い下がる。

「すぐそこに窓があるでしょ？　少し確認するだけだから」

渡り廊下で最初に遭遇した二人組の男、その片割れが言っていた。体育館では大切な話をしている最中だとかなんだとか。改めて話題に上げられたことで、西野のことを心配に思った委員長だ。

彼女の脳裏に蘇《よみがえ》ったのは、過去、サントリーニで目の当たりにした彼の負傷した姿である。普段からやたらと強がりを見せて、事実強くもあるフツメンではあるが、怪我《けが》をすることもあれば、倒れることもある。

その事実を想起したことで、自然と彼女は走り出していた。

リサちゃんたちの返事を待たず、駆け足で移動。

志水《しみず》が向かったのは、皆々から離れて数メートルの地点にある体育館の窓。

放課後、窓ガラスは部活動での利用に合わせて、常に開放されている。

内側にはボール避けの鉄格子。

委員長はそこから屋内の様子を覗《のぞ》き込《こ》んだ。

体育館はがらんどうである。だからこそ、館内にいる人の姿はすぐ目に付いた。ステージの上にスーツ姿の男性が立っている。これと対するようにステージの下、西野《にしの》の姿が見られた。

二人を視界に捉えると同時、彼女の耳には流暢《りゅうちょう》な英語のやり取りが聞こえてくる。

「悪いとは思うけれど、そこにある体育倉庫へまとめて突っ込ませてもらった。一緒に毒物を仕掛けてある。スイッチ一つでガスが室内に充満する仕組みだ。数分と経《た》たぬ間に絶命するだろう」

「そのような毒物、ここも危険なのではないか？」

「僕は事前に解毒薬を飲んでいるからね。多少は平気さ」

委員長は緊張に身を強張《こわば》らせた。

本来であれば得意であったはずの英語。自らのアイデンティティの一つであるとも感じていた英語。それが最近はやけに遠く感じられる。試験の点数は軒並み降下。それこそ苦手意識すら覚え始めていた。

けれど、彼女は耳を澄ませて必死にヒアリング。

全国模試の試験中にも勝る集中力で会話に臨む。

「銃火器もそうだが、よくまあ色々と手に入ったものだ」

「フランシスカも好き勝手にしているだろう？」

「あぁ、違いない」

「この国は色々と融通が利くからね。けど、それも今となってはなけなしの人手を利用して掻《か》き集《あつ》めた訳だけれど。同じことをもう一回やろうとしたら難しい。だからこそ、君には確実に仕事を受けてもらいたい」

西野たちとはかなり距離があった。普段であれば会話を耳にすることは困難であったに違いない。しかし、他に喧騒《けんそう》も失われて久しい放課後、広々とした体育館に反響した二人のやり取りは、窓から顔を覗かせた委員長にも拾うことができた。

今、フランシスカさんの名前が出たような気がする。っていうか、ポイズンって毒、毒よね？　ウェアハウスはたしか、倉庫って意味だったような気がする。状況的に考えて、体育館の倉庫を指しているんじゃないかしら。然々《しかじか》。

「人質が惜しくないのなら、無理にとは言わないけどね」

そこで委員長の耳は覚えのある単語を拾った。

曰《いわ》く、ほすてーじ。

「…………」

彼女はその響きを耳にして思った。

あれ、今の単語はどこかで学んだような気がする、と。

直後には修学旅行中、グアムの民家で交わしたノラとの英会話が蘇《よみがえ》る。

そうだ、人質、だ。

重要ワードの意味を理解した途端、委員長の脳内で一連の英文が意味を結んだ。右から左へ消えていきそうになった会話が、改めて浮かび上がり、ところどころ分からないワードは残りつつも、肝心の意図を理解する。

何故《なぜ》ならば彼女は、伊達《だて》に東京外国語大学を目指していない。

「っ……」

西野《にしの》君が、人質に脅されている。

違う。

西野君が、人質で脅されている。

イン・ザ・体育館の倉庫。

「あっ、本当に西野君がいる……」

志水《しみず》に遅れてやってきたリサちゃんも、館内にフツメンを認めて呟《つぶや》いた。

そうした彼女に志水は鬼気迫る面持ちで訴える。

「リサ、体育館の倉庫に人質がいるっぽい。多分、この学校の生徒」

「えっ、ほ、本当に？」

「だから、早く助けにいかないと」

リサちゃんの返事を待たずに委員長は駆け出した。

志水の記憶が正しければ、倉庫には屋外に面した窓が取り付けられていた。そこから倉庫内に捕らわれた生徒たちを救出できるのではないかと考えた次第である。一連の会話から、西野のピンチを察した委員長だった。

急に駆け出した志水を追いかけて、リサちゃんも走り出す。こうなると竹内《たけうち》君や太郎助《たろうすけ》、向坂《むこうさか》といった面々も無下にはできない。そして、彼らが向かったとあらば、その庇護《ひご》下にある生徒たちも後ろに続いた。

やってきたのは体育館裏の僅かなスペース。

同所で委員長は、地上階に設けられた一枚の窓に辿《たど》り着く。

「っ……」

想定したとおり、そこには窓ガラスがあった。

しかし、体育館の窓がそうであるように、倉庫の窓にも鉄格子が嵌《は》められていた。これに阻まれて生徒たちは屋外に出られないでいる。開け放たれた窓ガラスからは、閉じ込められた生徒たちの姿が窺《うかが》えた。

先方は屋外に委員長たちの姿を確認して、窓際に集まってきた。男女合わせて十数人ほどの生徒が、ジャージ姿のまま倉庫内に入れられていた。鉄格子には一部に浅く真新しい凹《へこ》みが見られる。叩《たた》いて壊そうとした跡だろう。

「っ……！」

閉じ込められていた生徒たちは、咄嗟《とっさ》に声を上げようとした。

志水《しみず》は大慌てで口元に指を当てて、静かにするようジェスチャー。

「すぐに助けるから、静かにしててもらえないかな」

彼女の訴えを受けて、倉庫内の生徒たちは素直に頷《うなず》いた。

委員長が立ち止まったのに応じて、リサちゃんや竹内《たけうち》君も追いついてきた。学内でも名の知れた生徒を目の当たりにしたことで、安心感を覚えたのだろう。内数名は彼らと面識のある生徒であった。

しかし、そうは言っても窓に取り付けられた鉄格子は頑丈そうだ。ちょっとやそっと力を加えた程度では取れそうにない。

「委員長、ガブリエラちゃんのこと探して来ようか？」

「う、うん。それが確実だとは思うけど……」

すぐに竹内君から提案があった。

校内からは依然としてちょいちょいと、銃声や爆発音が聞こえてくる。その出処《でどころ》をなんとなく察したイケメンの判断。

気配を辿《たど》って行けば、出会うことは不可能でもないように思われた。

ただ、そうした只中《ただなか》でのこと。

我こそはと声を上げる人物がいた。

「委員長、ここは私の出番でしょ」

「えっ……」

そう、松浦《まつうら》さんである。

ドヤ顔で語ってみせる彼女の手には、弾帯が装填《そうてん》された小銃が抱えられていた。しかもアクション映画のヒーローさながら、追加の弾帯ベルトを肩にかけていたりする。かなり重量があるようで、支える腕はプルプルと震えていた。

「前からこういうの、一度やってみたかったんだよね」

「ちょ、ちょっと待ってよ、そんなの撃って本当に平気なの？」

「ガブちゃんのこと迎えに行くより、いくらか早く対処できると思わない？　それとも委員長は、竹内《たけうち》君たちがまた捕まるようなことになってもいいの？　今度は無事に逃げてこられるとも限らないのに」

「偉そうに言うけれど、松浦《まつうら》さん、ただそれを撃ちたいだけでしょ」

「悪い？」

「……分かったわよ」

委員長の指示で、倉庫内にいた生徒たちが隅の方に移動する。

窓ガラスの対面には鉄筋コンクリート造の壁。これなら窓を突き破った銃弾が、他所《よそ》に飛んでいくこともないだろうとの判断だった。正面には体操用のマットや卓球台、跳び箱などが、跳弾を防ぐために大量に並べられた。

支度が終えられるや否や、松浦さんの構えた銃が火を吹く。

トリガーが引かれると共に、ババババと騒音が響き始めた。

松浦さん、フルバーストである。

数メートルほど離れた場所から放たれた銃弾は、鉄格子の嵌《は》められた窓枠をなぞるように弾痕をつけていく。一部、鉄格子に当たった銃弾が、明後日《あさって》な方向に飛んでいくのは恐怖以外の何物でもない。

ローズが居合わせたのなら、叱咤《しった》の声を上げて止めたことだろう。銃器の扱いに知見が及ばない委員長たちは、建物の陰に隠れて様子を窺《うかが》う。ただ一人、トリガーを引いている人物だけが幸せな時間だった。

興奮した面持ちで照準を定める。

頬を掠《かす》めた跳弾さえものともしない。

近隣に松浦《まつうら》さんの上げる奇声がアヒャヒャと甲高く響き渡る。

銃声が聞こえていたのは、ほんの数十秒ほど。

松浦さんが満足したことを確認して、竹内《たけうち》君が窓に向かい駆け寄る。

彼が外側から何度か蹴りつけると、鉄格子はボロッと内側に取れて落ちた。

「よしっ！」

窓はそれなりに大きさがあった為《ため》、生徒たちの脱出は容易だった。

二、三分ほどで全員が体育館の倉庫から屋外に出る。

幸いなことに、誰も怪我《けが》をしていなかった。

これを確認したところで、委員長は即座に走り出す。

向かった先は体育館の出入り口である。

館内に一歩を踏み込んだ彼女は、声も大きく吠《ほ》えた。

「西野《にしの》君！　体育倉庫にいた子たちは全員、解放したわ！」

体育館には依然として、ステージ上にスーツの男の姿が見られた。彼と正面から向き合う形で、ステージ下にはフツメンが立っている。委員長には分からないが、二人の間では今後の段取りについて話し合いがなされていた。

その只中《ただなか》に突っ込んでいった志水《しみず》である。

これにはフツメンも驚いた。

「まさかとは思うが、今の発砲音は委員長たちだったのだろうか？」

「い、言っておくけど、撃ってたのは松浦さんだから！」

「……そうか」

声高らかに受け答えする委員長の後ろからは、今まさに話題に上げられた松浦さんの他、リサちゃんや竹内君たちも駆けつけてきた。太郎助《たろうすけ》や来栖川《くるすがわ》アリス、向坂《むこうさか》、救出した女子生徒たちも同様である。

それまでの静けさとは一変、体育館の出入り口付近は途端に賑《にぎ》やかになった。

この状況であれば、西野の近くにいたほうが安全だろう、との判断である。

「ステージ前に立ってるの、二年の西野センパイじゃない？」「さっきの校内放送が関係してるの？」「志水センパイの発言、めっちゃ気になるんだけど」「っていうか、これってどういう状況なの？」「西野センパイの立ち位置が意味不明すぎる」

事情を知らない女子生徒たちの間では、ああだこうだと言葉が交わされ始める。

主に議論されているのは、場違いなフツメンが与えている混乱について。

彼女たちの姿を尻目に、西野《にしの》は委員長からスーツの男に向き直った。

「どうやら形勢逆転のようだ。一度受けた仕事を撤回するのは信条に反するが、今回ばかりは大目に見てもらいたい。あぁ、ついでにこちらで受けていた先約も、この場で済ませてしまいたいところではあるが」

これまたシニカルな発言が、生徒一同の面前で放たれる。

しかし、それでも男の態度は崩れなかった。

穏やかな笑みは変わらず、彼は泰然を装いながら言う。

「人質が失われたのは残念だよ。けれど、僕の優位に変わりはない」

「学内にも毒や爆発物を仕掛けたか？」

「それはつい先程、君の仲間に撤去されてしまってね」

「随分と素直に答えるじゃないか。この様子だと頼みの仲間も怪しいものだろう」

ネイティブ顔負けの発音で、スーツの男と会話を継続する西野。

巻きに巻いた巻き舌が、どうしようもなく生徒たちの神経を逆撫《さかな》でする。

「【ノーマル】、君自身の命さ」

両者の会話を目の当たりにして、生徒たちの意識もスーツの男に向かう。体育館に入り込んだ直後の喧騒《けんそう》も段々と収まっていき、一体何がどうしたとばかり、イケメンとフツメンのやり取りに注目。

そうした観衆の期待に応えるかのように、スーツの彼は言葉を続ける。

「どうして僕が、わざわざ君の時間稼ぎに付き合ったと思う?」

「この期に及んではったりか?」

男は取り澄ました態度で腕時計を面前に持ってくる。

同じことをフツメンが行ったのなら、生徒一同から反発は免れなかったことだろう。しかし、それもイケメンの彼が行ったのなら、どこまでも自然に感じられる振る舞い。とても映えた光景となる。皆々は固唾《かたず》を呑《の》んで、二人の会話に注目。

「そろそろだとは思うのだがね」

「っ……」

すると時を同じくして、西野の身体《からだ》に変化が見られた。

ステージの下に立って男を見上げていたその姿勢が、ガクリと崩れた。まるで膝カックンでも受けたかのように、体育館の床に両膝をついてしまう。本人は必死に身を立てようとするが、どうやら身体の自由が利かないようだ。

両手を床について、どうにかこうにか身体を支えんとする。

しかしながら、その腕もプルプルと震え始めた。

傍目《はため》にも危うく感じられる光景だった。

「あぁ、よかった」

男はニコリと満面の笑みを浮かべて言う。

「毒にまで耐性があったらどうしようかと、肝を冷やしていたんだ」

「そうか、あの時……」

先方の発言を耳にしたことで、西野《にしの》の脳裏にはつい先程の出来事が浮かぶ。思い起こされたのは、校内で鈴木《すずき》君から与えられた缶コーヒー。クラスメイトの為《ため》に自動販売機で飲み物を調達してきたとかなんとか、廊下で出会って話をしていた。その際に自らも一本、ご相伴に与《あずか》っていたフツメンである。

まさかとは思いつつも、他に機会はなかったと彼は状況を察した。

「西野君っ⁉」

委員長の悲痛な叫びが、体育館内に大きく響き渡った。

◇◆◇

ところ変わって、こちらは校内を駆け足で急ぐローズ。

職員室での対処を終えた彼女は、校内放送によって伝えられた文句に従い、西野を追いかけて体育館に向かっていた。彼なら大丈夫でしょうと頭では理解しつつも、不安で仕方がない金髪ロリータだ。

オリンピックの陸上選手も真っ青の俊足で校内を駆け抜ける。

渡り廊下を正面に捉えると、体育館の出入り口付近が目に入った。

「なにかしら？」

そこで彼女は予期せぬ光景を目の当たりにする。

体育館のドア周辺には多数の生徒が集まっていた。学内におけるフツメンの人望の無さを思えば、違和感を覚えざるを得ない状況だ。校内放送に疑問を感じたところで、身の危険を冒してまで、足を動かす生徒がどれほどいるだろうと。

ローズは訝《いぶか》しげに思いつつも、騒動の只中《ただなか》に向かい一直線。

「毒にまで耐性があったらどうしようかと、肝を冷やしていたんだ」

「そうか、あの時……」

「西野君っ!?」

館内から耳に覚えのある声色が届けられた。

西野のみならず、委員長の悲鳴じみた声まで聞こえてくる。

会話の内容に不穏な響きを感じたことで、ローズは足を急がせた。

「ちょっと通してもらってもいいかしら？」

人垣を押し通るようにして、体育館に足を踏み入れる。

生徒たちはローズの姿に気づくと、自然と身を引いて場所を譲った。小柄な体格も手伝い、彼女はすぐに人の並びの先頭まで辿《たど》り着く。混雑していたのは出入り口付近のみ。行く先が開けて、体育館内の様子が明らかとなる。

彼女が目にしたのは、床に膝をついたフツメンの姿だった。

「解毒薬が欲しかったら、どうか僕の仕事を受けて欲しい」

「嫌だと言ったら？」

「その時は、君も僕も終わりさ」

ローズが見ている前で西野《にしの》が床に倒れた。

両手で身体《からだ》を支えていたのも束《つか》の間《ま》、それさえも困難となり、うつ伏せにバタリと伏した。それと同時に喉奥から血液が吹き出されて口元を汚す。これには生徒たちの間からも少なからず声が上がった。

誰もが、そんなまさか、と言わんばかりの面持ちでフツメンを見つめている。

「に、西野君っ！」

ローズは周囲の目も憚《はばか》らずに、西野の下へ駆け出した。

床に膝を落として、自らの手でその身体を抱きかかえる。

「アンタか、不格好《ぶかっこう》なところを見られたものだ」

「こ、これはどうしたことかしら？」

「見てのとおりだ。不覚を取ってしまってな」

珍しくもしおらしい態度を取る西野に、ローズは危機感を募らせる。

ステージの上には彼らを見下ろすように立った白人男性。その手にはつい先程にも取り出された薬品のバイアルが摘《つま》まれている。彼はローズに抱かれたフツメンに対して、穏やかな口調でゆっくりと伝える。

「君が口にした毒は、こちらの薬品で対処が可能だ」

「…………」

西野の下に駆けつけるも早々、ローズの意識が男に移る。

次の瞬間にもステージに向かい飛び出すべく、足に力が込められた。

すると、彼女の反応を見越した男から、すぐさま制止の声が掛かった。

「それ以上は動かないでくれ。この薬を駄目にしたくなかったらね」

「っ……」

「フランシスカの部下だろう？　君のことはそれなりに知らされている。まさか真正面からやり合うような真似《まね》はゴメンだ。【ノーマル】のことが大切なら、どうか君からも説得を頼めないだろうか」

ローズの視線は男と西野の間で行ったり来たり。

まるで事情の知れない彼女だが、ステージに立った男の言うことを聞かないと、フツメ

ンの生命が危ういことだけは判断できた。その理由が毒であることも、二人のやり取りから辛うじて把握する。

「西野《にしの》君、今は貴方《あなた》の生命を何よりも優先すべきよ！」

「職員室は、どうだった？」

「安心してくれて構わないわ。全員、ちゃんと生きていたわよ」

「それは良かった」

ローズの報告を受けて、西野の顔に僅かながら笑みが浮かんだ。

その穏やかな面持ちを目の当たりにしたことで、彼女の不安は最高潮へ。

「これが最後の確認だ。【ノーマル】、僕の仕事を受けてくれないかい？」

「悪いが、断る」

「君、本気で言っているのかい？」

「学友を危地に晒《さら》すような真似《まね》は、したくないのでな。ここで頷《うなず》いたのなら、今後も同じようなことが繰り返されるだろう。命が惜しくないといえば、嘘《うそ》になる。しかし、そこまでして生き永らえることには、抵抗を覚える」

語るフツメンの表情は、平素と変わりのない仏頂面。

そこに頑《かたく》なな意思を感じてだろう、男は小さく頷いて応じた。

「そうかい」

「西野《にしの》君、今はそんなことを考えている場合じゃないわ！」

「……残念だよ、【ノーマル】」

西野の返事を受けて、男の手に動きが見られた。

ローズの面前、バイアルがその足元に落ちる。

彼はこれを自らの足で踏みつけた。

パリンという音がして、割れたガラス管の中から液体が飛び散る。

「そんなっ……」

今にも泣きそうな表情となるローズ。

そんな彼女を見つめて西野がボソリと呟《つぶや》いた。

「アンタには、迷惑をかけてばかりだったな。すまない」

「に、西野君？　どうして、そんなことを言うの？」

「最後くらいは、少しサービスをしておこうと考えたのだが」

逝く間際まで、とことん皮肉屋なフツメンである。

自らを抱きしめるローズを眺めて、悠揚迫らずに語る。唇が動くのに応じて、口元から
ツゥと血液が垂れるも、これを拭うことさえできない。図らずとも格好《かっこう》つけた演出となり、
ニィと小さく口端を歪《ゆが》めての受け答え。

「駄目よ！　西野君、こんなことで諦めては駄目なの！」

「臓器内にまで行き渡った毒の対処は不可能だ」

「そんなの、や、やってみなければ分からないじゃない！」

「深く考えることはない。ドジを踏んだ同業者が一人消えるだけだ。アンタにとっては珍しい話でもないだろう。今回の件で不利益を被った場合は、他人任せで申し訳ないが、マーキスに相談して欲しい」

「そんなの違うわ！　違うものっ！」

「他に、何がある？」

段々と呼吸を荒くしていく西野。顔色は非常によろしくない。

その姿を目の当たりにして、ローズは我慢の限界に達した。

自然と彼女の口からは、溢《あふ》れ返った情動が放たれる。

どれだけ狂おしく思っても、決して本人には伝えられなかった素直な言葉。

「西野君、貴方《あなた》のことが好きなの！　愛しているのよ！」

「……アンタらしくない、冗談だ」

「冗談じゃないわ！　本当に、冗談じゃないのだからっ！」

我慢ならぬといった様子で、ローズはすべてをぶっちゃけた。

その口からは堰《せき》を切ったように、西野への想《おも》いが溢れ出す。

「仕事をしくじって、貴方に助けられた。それからずっと大好きなの。ずっと貴方のことだけを考えていたわ。貴方《あなた》を自分のモノにする為《ため》、色々と回りくどいこともしたし、この学校だって利用した」

「アンタ、それは……」

「卒業旅行、一緒に行けないと知ったときは悲しかった。だから、現地で合流できたときは声を上げて喜ぶくらいに嬉《うれ》しかったわ。貴方にもらった指輪は私の大切な宝物なの。今も肌身放さず持っているわ」

過去になく感情的な言動を見せるローズ。

西野《にしの》は続く言葉を失った。

それは文化祭以前から本日まで続く、彼女と彼の交流の日々。

「放課後、部活動を共に過ごす時間もキラキラと輝いていた。ダンスの練習を口実にして、貴方と触れ合えるのがとても幸せだった。それなのに貴方は、すぐに技を覚えてしまって、とても切なかったの」

過去の出来事を慈しむように、ローズは語り始めた。

その腕はギュッと強くフツメンのことを抱きしめる。

彼女らしからぬ態度に、西野は素直に耳を傾けた。

「病院での職業体験やアルバイトも、私にとっては大切な思い出。貴方とはクラスが違うから、行動を共にする為に色々と苦労したのだから。この頃から貴方の態度が優しくなって、私は毎日が楽しくて仕方がなかったわ」

自然とフツメンの脳裏にも彼女との交流が蘇《よみがえ》る。

それは賑《にぎ》やかで騒々しくも愉快であった日々。

「ホストクラブで貴方のことを推していたのも、決して冗談ではなかったのよ？　それなのに貴方は、同じクラスの女子生徒にばかりうつつを抜かして、私のことなんて全然見てくれないのだもの」

そして、彼の傍《かたわ》らにはいつもローズの姿があった。

今更ながら西野は、自身を抱いた人物に異性の温《ぬく》もりを感じた。

竹内《たけうち》君がどうのといった言葉も、この状況では出てこない。

「だから、修学旅行は貴方と一緒の時間が多くて、とても楽しかった。そして、これからもずっと一緒に居られるものだとばかり考えていた。だから、こんなにも早い別れなんて、もう、本当にもう、儂《わし》は到底受け入れられないのじゃ……」

ローズは胸の内に秘めていた思いを精一杯、西野に伝えた。

目元から溢《あふ》れ出た雫が、フツメンの普通な部分にポタリと落ちる。

ほんの僅かな、刺激とも言えないような感覚。

けれど、それはフツメンの心身を激しく痺《しび》れさせた。

「なんだ、そうだったのか……」

西野《にしの》にしてみれば、夢にも思わなかった好意である。

この期に及んで、目を見開いて驚く羽目となる。

まさか嘘《うそ》を吐《つ》いているとは思わない。

過去に繰り返し与えられたアプローチが、【ノーマル】に対してではなく、彼自身に対して与えられていたことを理解する。朦朧《もうろう》とし始めた意識の只中《ただなか》、走馬灯さながらにローズとの思い出が次々と蘇《よみがえ》っていく。

それもこれもすべては自身に対する好意の賜物《たまもの》であったと理解する。

だからこそ、フツメンは思い至った。

それは昨今の彼にとって、一番の目標と称しても差し支えないこと。

「自分は既に、青春を満喫していたのか」

「……西野君？」

誰に言うでもなく呟《つぶや》いたところで、身体《からだ》から急に力が抜けていく。

平素からの仏頂面が、彼らしからぬ穏やかなものに変化を見せる。

「そうして思うと、なかなか悪くない、学校生活だった」

「西野君、そんな悲しいことを言わないで！」

一方で険しさを増すのがローズである。

なにを勝手なことを口走っているのだと、必死にフツメンの名を連呼する。どうか持ち直してくれと繰り返し訴える。けれど、彼女が抱きかかえた人物は、既に覚悟を決めてしまったかのようだ。

「アオハルや、過ぎ去りし日々、その色の、振り返り知る、青々とした」

「っ……」

折角《せっかく》の機会、一句詠んだフツメンである。

付き合いのない生徒からすれば、どうしてもイラッとくる。しかし、この状況でそれは人としてどうなのかと、自らの良心を痛める羽目となる。あまりにも迷惑な西野の逝き際。居合わせた面々の感情は迷走を極めた。

ステージの上に立ったスーツの男はもはや空気である。

フツメンの手を握ったローズの五指に力が込められる。

西野にはこれを握り返すだけの余裕も残されていない。

「アンタとの生活、今にして思えば、存外のこと……」

別れの言葉は、最後まで声にならなかった。

ローズに抱かれたまま、西野の首が支えを失ってガクリと傾く。

これと時を同じくして、彼らの下に叫ぶような声が届けられた。

「お姉様っ！　血肉です、お姉様の血肉を今すぐ彼に与えて下さい！」

「っ……？」

ローズが振り向いた先には、ガブリエラの姿が見られた。

体育館の出入り口付近、今まさに同所を訪れた彼女だ。

かなり派手に活動していたようで、全身には返り血。制服にはそこかしこに赤い飛沫《しぶき》が見られる。校内の侵入者を始末して回っていたところ、体育館の出入り口付近に生徒が集まっているのを確認して、足を運んだのだろう。

「恐ラくですが、お姉様の血肉は私たちの肉体を癒やすのです！」

だとしても、まさか西野《にしの》が倒れているとは思わない。

彼女は驚いた面持ちとなりローズたちの下へ駆け寄る。

「見て下さい、私のこの舌を！」

生徒たちの目にも構わず、ガブちゃんはンベッと舌を突き出した。本来であればそこには、深々と割れたスプリットタンがあった。少なくともローズたちは、それを出会って間もない頃に確認していた。

「なんと驚いたことに、割レ目がくっつきつつあります！」

それが本人の申告通り、八割方くっついていた。

割れ目は残すところ、先っちょに数ミリといった程度である。

ピコピコと動くガブリエラの舌を眺めては、ローズも驚きを隠し得ない。過去にはフランシスカの要請から体液の調査も行われていた。彼女が備えた不老不死の効能は、寸毫《すんごう》も他者に伝わることはなかった。

それがどうしてと疑問が脳裏をよぎる。

しかし、ローズはすぐに動いた。

西野が助かる可能性が僅かでもあるならばと、力強く頷《うなず》いて応じる。

「わ、分かったわ！」

彼女は懐から取り出したナイフで、自らの手首を深く切り裂いた。

大量に吹き出した血液が彼女の下、膝枕状態で横たわった西野の身体《からだ》を真っ赤に染める。

大半はガブリエラの言葉に従って口元に向けられた。彼女はフツメンの口に指を突っ込み、噴出する血液を流し入れる。

だが、反応は見られない。

フツメンは目を閉じてぐったりとしたままだ。

「っ……！」

焦った彼女は更なる手段を講じる。

自らの胸を切り裂き、内から肉の塊を取り出した。

「おねがい、西野君、死なないで。もっともっと生きて！」

祈るように呟《つぶや》いて、これをフツメンの顔の上で握り潰す。溢《あふ》れ出た血液と崩れた肉片が、膝の上で仰《あお》向《む》けに横たわる西野の顔に降り注いだ。ローズの指先により強引にも開かれた口内へビチャビチャと入り込む。

あまりにも凄惨な光景を目撃して、生徒たちからは悲鳴が上がった。

目を背けている生徒も少なくない。

「私はどうなってもいいから、どうか、どうか西野《にしの》君だけはっ……」

肝を失ったローズの肉体が正面に倒れゆく。

背を丸めた彼女は、自らの口を愛《いと》しい彼の口元へ落とした。

互いに顔を重ねたまま、ピクリとも動かなくなる。

共に意識を失った二人。

スーツの男はステージの上からこれを眺めて呟《つぶや》いた。

「この状況から復帰するようなケースは過去に報告がない。フランシスカの部下についても、できることの範囲は把握済みだよ。どう足掻《あが》いたところで、【ノーマル】は失われたと考えるべきじゃないかな？」

「はてさて、ソレはどうでしょうか？」

これに応えたのはガブリエラである。

彼女は西野とローズを守るよう、二人を背にして男に向かう。

「そういう君の存在は、こちらとしても色々と思うところがある」

「西野五郷《ごきょう》が失わレたのなラ、次はこの身を利用すル腹積もリですか？」

「こうしたケースも事前に考慮はしていた。まさか、学内で生徒や教職員の面前、ああまでも派手に暴れるとは想定していなかったがね。あれだけ用意した手勢が、ほとんどやられてしまったよ」

彼女もまた祈るような思いを胸に抱いて現場に立っていた。

それでも男の面前、毅然《きぜん》とした態度で語る。

「いずレにせよ、そレは要ラぬ心配だと思いますが」

「どうしてそう言えるのだね？」

「お姉様は相当な変態です。日々の積み重ねを私は信じています」

「……どういうことだい？」

「まさか常日頃からラ、仕込んでいルとは思いませんでした」

やれやれだと言わんばかりの態度で訴えるガブリエラ。本人もあまり語りたい話ではないようで、極めて端的な物言いである。スーツの男は彼女が何を言っているのか理解が及ばず、眉を顰《ひそ》めるばかり。

そうこうしていると、彼女の背後で変化が見られた。

事切れたかと思われた西野に動きがあったのだ。

その指先がピクリと震える。

かと思えば、閉じられていた目がパチリと開いた。

クラスメイトの間で細い細いと評判のオッドアイである。

「なっ……」

スーツの男からは驚愕《きょうがく》の声が漏れた。

西野《にしの》は何を語るでもなく、床の上で上半身を起こす。そして、自らを抱きしめたまま朽ちていたローズを、逆に抱きかかえてゆっくりと立ち上がった。その足取りはしっかりとしたもので、彼女を抱き上げてもふらつくことはない。

先程までの弱々しさが嘘《うそ》のようだ。

背後に人の動く気配を感じて、ガブリエラの顔に笑みが戻った。

彼女は嬉々《きき》として後ろを振り返り、そこに立った人物に声を掛ける。

「九死に一生を得た気分はどうですか？　西野五郷《ごきょう》」

「あぁ、どうしたことだろう。口の中が鉄臭くて仕方がないのだが」

「念《ねん》の為《ため》に、口内にあル分は飲み込んでおくことを勧めます」

「アンタ、それは本気で言っているのか？」

「貴方《あなた》もとんだ変態に惚レラレたものですね」

「……どういうことだろうか？」

「本日に限ラず、常日頃からラ摂取していた、ということです」

「…………」

大きく抉《えぐ》られたローズの胸部を見て、血肉の出処《でどころ》には理解が及んだフツメンである。同時に死んだとばかり考えていたところ、肉体が全快している事実と合わせて、その効果効能にもなんとなく想像がついた。

しかし、変態なるワードには首を傾《かし》げる。

常日頃から摂取していたというのは、そんなまさかと。

「ところでステージに立った彼は、私が始末しても構いませんか？」

「いいや、待って欲しい。あの男はこちらのターゲットだ」

「でしたラ、サクッと仕事を済ませてしまって下さい」

「言われるまでもない」

西野とガブリエラの視線が、ステージの上に向けられた。

そこには依然としてスーツの男が見られる。

ただし、先程までの余裕を取り繕った態度は失われて、傍目《はため》にも焦りが感じられた。顔は引《ひ》き攣《つ》っており、膝など目に見えて震えている。手には銃が構えられており、恐怖に震える銃口は、西野の眉間に向けられていた。

「アンタは危険だ。この場で処分させてもらう」

「ま、待てっ！　こちらにはまだっ……」

何かを語りかけた男に対して、西野が腕を振るう。

その動きに応えるよう、スーツの男の首が綺麗《きれい》に飛んだ。

頭部が根本から切断されて、ゴトリと床に落ちる。過去、フツメンの仕事においてそうであったように、切断面は一瞬にして凍りついた。血液が吹き出して、体育館内を汚すようなこともない。

頭を失った肉体は、バランスを崩してすぐに転倒する。

以降、どれだけ待ってもスーツの男に反応は見られなかった。

〈告白〉

ステージに立っていたスーツ男が倒れたのを確認して、西野《にしの》とガブリエラの周りには、委員長や竹内《たけうち》君を筆頭とした二年A組の面々、更には太郎助《たろうすけ》や来栖川《くるすがわ》アリス、向坂《むこうさか》といった二人と面識のある者たちが集まってきた。

いの一番、声を上げたのは委員長である。

「西野君っ……だ、大丈夫なの？　救急車を呼ばないと！」

「恐らく大丈夫だ。何故《なぜ》なのか容態は落ち着いている」

「下手に救急車を呼ぶと、余計な騒動に発展すル可能性があります」

「そういうことなら、フランシスカさんに連絡を取ったほうがよくない？　俺、学校から外に出て連絡を入れてこようかと思うんだけど。それとも西野から連絡を入れたほうがよかったりするのか？」

「ありがとう、竹内君。だが、一人で学内を動き回るのは危険だろう」

「っていうか、あの、ロ、ローズちゃん、凄《すご》いことになってるんだけど……」

西野に抱かれたローズを見つめて、リサちゃんが恐る恐る言った。

彼女の指摘通り、その肉体は現在進行形で治癒しつつある。

ナイフによって割かれた胸部では、折れてしまった肋骨《ろっこつ》が形を取り戻し、その内側でもぞもぞと肉の蠢《うごめ》くような気配が感じられる。ホラー映画に登場する人型クリーチャーさながらの絵面だ。

本人は依然として意識を失ったままである。

「申し訳ないが、どうか気にしないでやって欲しい」

西野《にしの》はローズが身につけた制服を整えて、周囲の目から患部を隠した。

驚いているのはリサちゃんに限らない。ガブリエラと委員長、竹内《たけうち》君を除いたのなら、本邦初公開となるローズの治癒風景である。後で口止めが必要だな、とはフツメンの胸中に浮かんだ頭の痛い問題である。

「しかし、辞世の句を詠みながら生き永らえるとは、恥ずかしいものだな」

西野は話題を変えるべく、他愛《たあい》のない発言を漏らす。

これには彼と付き合いのある面々も驚いた。

コイツに自らの言動を恥ずかしいと思う心があったのかと。

しかも苛立《いらだ》たしい。

死に際まで苛立たしい。

生き返って更に苛立たしい。

だけど、少しでも良かったと思ってしまい、もうどうしようもない。

「確認なんだけど、ステージの上に転がってるのがボスって感じ?」

「あぁ、少なくとも自分は松浦《まつうら》さんと同じように考えている。しかし、学内にはまだ取り巻きが散っていることだろう。これらに事情が伝わっているかというと、かなり怪しいところではあるが」

突っ込みどころも満載の状況、居合わせた誰もが何から話したものかと、戸惑いがちに声を上げげつつの細切れなやり取り。ヘブン状態であった松浦さんでさえ、スーツ男の生首を目の当たりにしたことで、一歩身を引いて感じられる。

受け答えする西野とガブリエラも、あまり多くを語ることができずに四苦八苦。マーキスから連絡が回っていれば、すぐにフランシスカがやって来るだろう、とはフツメンの脳裏に浮かんだ想定である。

「学内を徘徊《はいかい》していた闖入者《ちんにゅうしゃ》であレば、こちラで目の届く範囲は排除しました。決してゼロだとは言いませんが、そう多くは残っていないように思います。正門前に停《と》めラレていたバンを彼ラの移動手段だと仮定した場合ですが」

「アンタがやったのか?」

「そのとおりです」

えへんと胸を張ってガブちゃんは言う。

それなりに達成感を覚えているようだ。

「そういった意味だと、教室の皆が気になるのだが」

「あちラはもう一人の担当者に任せました。あぁ、噂《うわさ》をすレばなんとやラです」

ガブリエラの発言と合わせて、体育館の出入り口付近から喧騒《けんそう》が届けられ始めた。急な賑《にぎ》わいを受けて、自《おの》ずとフツメンたちの注目もそちらに向けられる。

視界に入ってきたのは、ノラに率いられた二年A組の生徒たちだった。奥田《おくだ》さんも一緒である。

二人は体育館内にフツメンの姿を確認して、駆け足で彼らの下に歩み寄ってきた。行動を共にしていたクラスメイト一同は、これから少しばかり距離を設けて、向坂《むこうさか》が助けた女子生徒たちと共に、遠巻きに様子を窺《うかが》うような位置関係。

「ニシノ、血だらけ……」

「そ、その姿はどうしたことだい、西野君《にしの》！」

血塗《ちまみ》れの西野とローズを目撃して、ノラと奥田さんから声が漏れる。

フツメンは委員長たちに行ったのと同様、大事はないからどうか落ち着いて欲しいと繰り返し伝えた。それでも真っ赤に染まった二人や、ステージの上に転がった生首はどうにもならない。

そこで西野は改まった態度でノラに向き直った。

「すまないが、アンタに頼みたいことがある」

「なに？　ニシノ」

「我々以外、学内にいる者たちに幻惑を見せることは可能だろうか？」

「これ、無かったことにしたい？」

「無かったことにする、とまでは言わずとも、当面の安全を確保しつつ、フランシスカが来るまでの時間稼ぎをしたい。もしも上手《うま》いやり方があるようなら、是非とも提案をしてもらいたいところなのだが」

「分かった、やってみる」

「ちょ、ちょっと西野君、それってまさかグアムのときみたいにっ……」

咄嗟《とっさ》に委員長から声が上がるも、ノラは既に動いていた。

西野たちの力とは異なり、炎の塊が飛び出したり、身の回りのものが浮かび上がったり、急に怪我《けが》が癒えたりといった、目に見えて不思議な現象は起こらない。それでも次の瞬間には、彼らのすぐ近くで顕著な変化があった。

対象となったのは、体育館の出入り口付近に集まっていた生徒たちだ。

ある生徒はその場にしゃがみ込んで、虚空に向かいブツブツと独り言を繰り返す。またある生徒は自らの身体《からだ》を抱きしめてキャッキャと喜ぶ。事情を知らない面々からすれば、これほど眺めていて不安になる光景はない。

「な、なんかヤバい薬でも打ったみたいになっちゃってるんだけど」

「松浦《まつうら》さん、まさかそういうの経験あるの？」

「いや、流石《さすが》にそこまでは堕《お》ちてないから。ちょっと興味はあるけど」

「とても幸福な状態を見せてる。たぶん、これなら安全だと思う」

「そこの生徒たちだけでなく、校内の全域が影響下にあルのでしょうか？」

「うん、そう」

「相変わらず、恐ろしいまでの力だな」

「私からすれば、貴方《あなた》の力も大差なく感じラレますが」

西野《にしの》とその周囲に集まった面々に限っては、影響の範囲外にあるようだ。

変化があったのはそれ以外、少し離れて様子を窺《うかが》っていた生徒のみ。

西野のお仕事と関わり合いを持ち、多少なりとも事情に通じている人物であっても、背筋をゾクゾクとさせる。彼らの不思議な行いに知見が及ばない面々からすれば、恐怖以外の何物でもない光景だった。

自《おの》ずと太郎助《たろうすけ》の口からは疑問が漏れる。

「なぁ、西野。これってもしかしてその子の力、なのか？」

「細かいことは気にしないほうがいい。長生きをしたければな」

「……そ、そうか」

これまた圧倒的に上から目線な回答である。

しかし、イケメンはそれが心に響いたのか、感動した面持ちでフツメンを見つめる。やはり、こういうのが堪《たま》らないらしい。彼らの関係を知らない者からすれば、どうして西野が偉そうにしているのか謎でしかないだろう。

その様子を近くで眺めていた来栖川《くるすがわ》アリスは、二人の力関係を改めて把握。

唯一の例外は奥田《おくだ》さんだろうか。

彼女も太郎助と同様、フツメンの言動を目の当たりにして目を輝かせる。

それはもうキラキラと。

結果として西野の振る舞いは、彼女に一歩を踏み出させるきっかけとなった。それは松浦さん曰《いわ》く、病気だから治した方がいいよ、などと伝えられた行動力の賜物《たまもの》。何やら覚悟を決めた面持ちとなり、奥田さんはフツメンに声を掛ける。

「に、西野君。ちょっといいだろうか？」

「なんだろう、奥田さん」

「君にどうしても伝えたいことがあるのだが」

「自分に伝えたいこと？」

改まった物言いも手伝い、皆々の注目が奥田さんに向かう。

これにブルリと身体《からだ》を震わせつつも彼女は言った。

「西野君、どうか私と付き合ってはもらえないだろうか？」

台詞《せりふ》と前後して、奥田《おくだ》さんの顔が真っ赤に染まる。

緊張から全身がプルプルと震え始めた。

ひと目見て彼女の本気具合を察せる告白風景。どうしてこの状況で、とは疑問に思いつつも、皆々で奥田さんの振り切れた行動力を見守ることになった。その必死な姿を目の当たりにしては、茶々を入れることも憚《はばか》られたようだ。

「自分なんかのどこがいいのだろうか？」

「西野《にしの》君じゃなければ、駄目なのだよ。西野君がいいのだよ」

ここ数日にわたって延々と我慢してきた思いだった。

それが同所へ至るまでの不安や緊張を受けて、いよいよ弾《はじ》けてしまった奥田さん。

持ち前の行動力も相まって、遂《つい》に声に出してしまった次第である。

西野からはすぐに返事があった。

「そのように言ってもらえたこと、とても嬉《うれ》しく感じる」

「それじゃあ……！」

「だが、申し訳ない。奥田さんの思いに応えることはできない」

「っ……そ、そうなのかい？」

「あぁ、本当に申し訳ない」

「それは、あの、な、なんといいますか、とても残念なのだよ……」

パァっと喜びが浮かんだのも束《つか》の間《ま》、奥田さんの顔が凍りつく。

それでも彼女は必死に体裁を取り繕いつつ言葉を返した。

日頃から行動を共にしていたローズやガブリエラ、ここ最近になって転校してきたノラの存在を思えば、内心、五分五分ほどの勝率を胸に抱いて、一歩を踏み出した奥田さんである。高速道路での救出劇がその背中を押していた。

しかし、贅沢《ぜいたく》にもこれを振ったフツメン。

どうにかショックを飲み込んだ彼女は、クールを気取った態度で受け答え。

知り合いの面前、キャラ作りをプッシュすることで面目を保とうと試みる。

すると間髪を容《い》れず、傍《かたわ》らでノラが声を上げた。

「ニシノ、私もニシノのことが好き」

「あぁ、自分もアンタのことは好ましく感じている」

「だったら、私と付き合える?」

「しかしながら、その思いに応えることはできない」

「……それは、すごく残念」

ノラはしゅんと肩を落として呟《つぶや》いた。

奥田さんよりも幾分か分かりやすい反応だった。

「とは言え、前に空港で伝えた言葉は決して嘘《うそ》じゃない。これからも困ったときは頼ってくれて構わない。思いに応えることはできないが、こうしてアンタが自分を助けてくれたように、自分もアンタの力になりたいと思う」

「それ、日本の言葉で、生殺し」

「いいや、意味が違うな」

「多分、あってると思うけど……」

ノラからは不服そうな眼差《まなざ》しが与えられた。

どうやら納得した訳ではなさそうだ。

そうした彼らの様子を眺めて、来栖川《くるすがわ》アリスが言った。

「こんな素敵な方々を付き合いもせずに振るなんて、西野《にしの》さんは酷《ひど》いですねぇ」

「申し訳ないことをしたという自覚はある」

「つまりこちらの流れは、アリスとの交際を検討してくれてたってことですかぁ？」

「どうしてそうなる」

「一向に構わないんですよぉー？　気になっていたどこかの誰かさんに告白するも振られたところで、改めてアリスの下に戻ってきて下さっても。そのときは年下のカノジョが、たっぷりと慰めてあげますからぁ」

ノラに続いてフツメンに告白である。

すぐ隣では彼女の特攻に驚いた太郎助《たろうすけ》が、ちょっとそれ聞いてないんだけど、と訴えんばかりの面持ちで彼女のことを見つめている。以前の告白騒動は蚊帳の外であった為《ため》、両者の事情を把握していなかったイケメンである。

　しかし、これもまた玉砕。

「いいや、アンタとも付き合うことはできない」

「あぁーん、またしても振られちゃいましたよぉー！」

　来栖川アリスは大げさなアクションで反応してみせる。

　傍目《はため》には奥田《おくだ》さん以上にキャラクターを演じているような素振り。物のついでに告白したかのような軽い振る舞い。それでも身体《からだ》の後ろに隠された両手の拳は、爪が肌に刺さるほどにギュッと固く握られていた。

　こうなると黙ってはいられない人物がいる。

　フツメンに対する告白回数では、随一を誇る女が呟《つぶや》いた。

「そういうことでしたラ、私もこのムーブに乗らざルを得ませんね」

「アンタもか？」

「その言い方、とてもぞんざいな感じがすルのですが」

「この状況でそう言われると、からかわれているようにしか思えない」

「でしたラ、証拠を見せましょう」

　これまでの三人と比べても、明らかに適当な態度を取るフツメン。

そんな彼に対してガブリエラはスッと顔を近づけた。

彼女の小さな唇が、西野《にしの》の血塗《ちまみ》れなそれに急接近。

「んぶっ……」

しかし、ガブちゃんのキスは成就の寸前、目に見えない壁に阻まれた。

ガラスに顔を押し付けたかのように、口元を中心として顔がふにゅっと潰れる。可愛《かわい》らしい顔立ちが一変して、強制的に変顔を披露した形だ。これには彼女も大慌てで頭を引っ込める羽目となる。

「悪いが、遠慮しておこう」

「情緒もへったくレもない断リ方です」

「いきなり顔を近づけてくるのが悪いだろう」

「しかし、だとしたラ貴方《あなた》が気にかけていル相手は誰なのですか？」

ガブリエラの発言を耳にして、皆々の視線が西野から離れた。

そして、あっちへ行ったり、こっちへ行ったり。

体育館にはクラスメイトを筆頭として、彼と面識のある生徒の大半が見られる。一部ではノラの異能力の影響から正気を失っているが、個人を判断することには差し支えない。

自然とその間を皆々の意識が巡った。

けれど、可能性がありそうな人物は既に声を上げた後だ。

こうなると残っているのは誰か。

しばしの思案の末、皆々の意識が向かったのは委員長である。

「っ……」

本人も周囲からの注目を受けて、自意識を高ぶらせる。

これってもしかして、もしかしてしまうのかしら。

そういうことだったら、私だって告白するのも吝《やぶさ》かじゃないし、云々《うんぬん》。

奥田《おくだ》さんから始まりノラ、来栖川《くるすがわ》アリス、そして、ガブリエラに至るまで。

目の前で繰り広げられた告白が、遂《つい》にその女に自ら一歩を踏み出させる。

「に、西野君、あの……」

「なんだ？　委員長」

「もしよかったら、私と付き合う？」

類まれなる告白ラッシュが非モテの童貞野郎に襲いかかる。

甚だ不本意ながら、誰もが二人のやり取りに注目。

恥ずかしさを覚えた志水《しみず》は、髪の毛を指先でくりくりと弄《いじ》ったりしてしまう。ちょっと直接的過ぎたかしら。っていうか、こういうのは西野君の方からして欲しかったな、とかなんとか、目まぐるしい勢いで委員長の思考は巡る。

「自分などに声を掛けてくれたこと、一生の思い出に残るだろう」

「……本当に？」

「あぁ、本当だとも。とても嬉《うれ》しく感じている」

「だったら今日から、に、西野《にしの》君は私の、その、か、彼氏ってことに……」

委員長にとっては、生まれて初めての告白であった。

胸に抱いた不安も相応のもの。

ついつい確認の声など上げてしまいそうになる。

その顔は奥田《おくだ》さんに負けず劣らず、真っ赤に染まっていた。

「だが、申し訳ない。委員長の思いにも応えることはできない」

「えっ……」

続けられたのは、委員長、敗北のお知らせ。

居合わせた誰もが思った。

お前、それ本気で言っているのかよ、と。委員長以上にお前のことを気にしてくれる相手が、他にどれだけいるのかと。この機会を逃したら、絶対に後悔するのが目に見えているじゃないかと。

取り分け二年A組の面々からすれば、文句の一つでも言いたくなるくらい。

「西野君、それ贅沢《ぜいたく》言い過ぎじゃない？」

自然とリサちゃんからはヤジが飛んだ。

彼女からすれば、意中の相手を寝取られたようなもの。過去には彼女との関係を巡って恋のキューピッド役まで務めていたフツメンである。まさか既にヤリ捨てた後だったりしないよなと目を光らせる。

これに対して西野は、なんら悪びれたふうもなく言葉を続けた。

「申し訳ないとは思うが、自らの思いに気づいてしまったんだ」

これまた青臭い台詞《せりふ》がフツメンの口から飛び出した。

半年前であれば、誰もが気にも留めなかったことだろう。何を格好《かっこう》つけたことを言っているのかと。しかし今この瞬間、各々思うところは違っていても、誰もが固唾《かたず》を呑《の》んで西野の言動を見守る羽目となった。

ところで、実は既に意識が戻っているローズだ。

奥田さんが告白を始めた辺りで、身体《からだ》もある程度回復していた。

「…………」

西野の逝き際に何もかもをぶっちゃけていた手前、すべてを諦めた飯炊き女である。

無様な行いに軽蔑されてしまっただろうと。

過去の交流は無意味なものとなり、また距離を取られてしまうのだろうと。

当然ながら、互いに肌を触れさせるような機会も、今後は二度と訪れないだろう。だったらせめて最後くらいは、存分にこれを堪能するべく、全身全霊を込めて狸寝入《たぬきねい》りを敢行していた。

無事に生き永らえた愛《いと》しい相手の胸の鼓動を、一番近いところで感じながら。

もはやこれ以上は何も望むまいと。

そんな彼女に対して、委員長から視線を移したフツメンがそっと呟《つぶや》いた。

「アンタ、もう意識が戻っているのだろう？」

「っ……」

西野《にしの》に声を掛けられたことで、ローズの肩がビクリと震えた。

つい反応してしまった彼女である。

それでも必死に気絶した振りを継続する。

対して西野は、相手の態度に構うことなく言葉を続けた。

「自分もアンタに言いたいことがある」

「………」

フツメンの発言を受けて、皆々の注目はローズに向かった。

周囲が殊更静かになる。

緊張感すら覚える沈黙。

誰も何も語らず、ただジッと視線が向けられる。

これに居心地の悪さを感じたのだろう。

西野に抱かれたローズは、彼の胸に顔面を埋《うず》めたまま、ボソリと呟いた。

「……聞きたくないわ」

「そんなことを言わないで、どうか聞いて欲しい」

「いやよ。聞きたくないわ」

ローズの物言いは、子供が駄々《だだ》をこねているかのようだった。

彼女らしからぬ行いを目撃して、誰もが驚きを覚える。過去に見た覚えがない振る舞いは、西野にとっても新鮮なものだった。そして、これが存外のこと悪い気がしないから、彼は自らの感情に確信を覚える。

その感覚に促されるがまま、フツメンは素直な言葉を口にした。

「アンタのことが好きだ。どうか自分と付き合って欲しい」

「っ……？」

皆々の息を呑《の》む気配が辺りに伝わる。

声を掛けられた当の本人は、自らの耳を疑うばかり。

「……西野君、今なんて言ったの？」

「聞こえなかっただろうか？　結婚を前提に交際して欲しい」

「えっ……」

相手の反応が芳《かんば》しくなかった為《ため》、即座に提案をワングレード上げたフツメン。学生同士の告白でそれは流石《さすが》に重過ぎでしょ、とは竹内《たけうち》君やリサちゃんの胸中に浮かんだ素直な思いである。一世一代の大勝負、必死になり過ぎたフツメンだ。

しかし、ローズにとっては愛情マシマシの響き。

それでも理解ができなくて、彼女は顔を伏せたままやり取りを続ける。

「私のことを馬鹿にしているのかしら？」

「死に際に浮かんだのは、アンタとの思い出だった」

頑《かたく》なな態度のローズに対して、西野《にしの》は慈しむように語る。

ただでさえ細い目を殊更に細めて、眩《まぶ》しいものでも眺めるように。

「以前、賭けをしたことを覚えているか？」

「賭け？　なんのことかしら？」

「卒業旅行の途中、サントリーニの教会で交わした賭けだ。期限は年末までの三ヶ月。その間にこちらがアンタへ一欠片《ひとかけら》でも心を許したのなら、この肉体も含めてすべてをアンタのものとする。そう取り決めた筈《はず》だ」

「…………」

まさか忘れよう筈もないローズである。

同時に結果は絶望視していた。

きっとこのまま有耶無耶《うやむや》になって、なし崩し的に終えられるのだろうと確信を覚えていた彼女である。本心を知られた今となっては、気持ちの悪い女扱いは免れないだろうと、相手の胸に顔を埋《うず》めたまま現実から逃避している。

「アンタは言っていた。近い将来、自分はアンタに依存するだろうと」

「それがどうしたのかしら？」

「悔しいが、こちらの負けだ。完敗と称しても過言じゃない」

そんな彼女を諭すように、西野はゆっくりと言葉を続けていく。

フツメンの敗北宣言にはローズも驚いた。

彼に抱かれた姿勢のまま、再び肩がピクリと震える。

それからしばらく、彼女は西野に対して恐る恐る問いかけた。

「……私のこと、嫌いにならないの？」

「どうしてそう考える？」

「こんな重い女、気持ち悪いでしょう」

「だが、自分はアンタの本心を知ってしまった」

ローズの過去の悪行を思い起こして、それでも不思議と嫌な気がしない西野だった。むしろ、すべてが愛情の裏返しであったと理解して、心地良くすら感じ始めている有様。どれもこれもが尊い青春の思い出へと昇華しつつある童貞だ。

「言っておくけれど、嫉妬心も凄《すご》いのだから」

「こう見えて、執着されたほうが燃える性分だ」

「きっと貴方《あなた》のことを束縛するわ」

「安心して欲しい。縛られるのには慣れている」

「食事に色々と混ぜていたこと、し、知ってしまったのよね？」

「アンタが出したものなら、これからも何だって食べてみせよう」

「だとしても、あの、すぐに手が出てしまうガサツな女だし……」

「大丈夫だ、もっと凶暴なのがすぐ近くにいる」

「そレはまさか、私のことを指していルのですか？」

だしに使われたガブちゃんからは、ジトリとした眼差《まなざ》しが向けられる。

これに構うことなく、フツメンはローズに対して問答を続ける。

「何度でも繰り返す。どうか自分と付き合ってはもらえないか？」

本人の言葉通り、繰り返し続けられた告白。

矢継ぎ早に行き来していた問答は弾切れ。

駄々《だだ》をこねていた子供は静かになった。

やたらと真っ正直な西野《にしの》の物言いには、どれだけ性根が捻《ひね》くれたローズであっても、無条件に与えられる好意を否定することができなかった。否定すれば否定しただけ、それ以上の愛のささやきが返ってくる。

おまけにこの言い草だ。

「アンタと共に生きていきたい、ローズ」

相変わらずな物言いに、様子を窺《うかが》っていた面々は背筋をゾクゾクとさせる。

何故《なぜ》ならば、そうして語った人物は、圧倒的に普通な顔立ちの男子学生。

しかし、その一言に彼女の心は揺さぶられた。

フツメンの胸に伏せていた顔がゆっくりと上がる。

「西野君、私も未来永劫《みらいえいごう》、貴方と一緒に生きていきたい……」

そこにはどこまでも素朴で、なんの裏表もない素直な笑顔があった。

〈後日談〉

西野《にしの》や委員長が想定していたとおり、彼の通学先における騒動はフランシスカがやってきたタイミングで、すぐに彼女の預かりとなった。後片付けを担当したのは、警察ではなくスーツ姿の屈強な男たち。

委員長を筆頭としてノラの異能力の対象外であった数名には、彼女から今回の出来事について口外厳禁が言い渡された。若干名、反発する生徒も見られたが、口止め料の支払いが言い渡されると、一変して素直になった。

それ以外の生徒や教職員一同は、ノラの能力で前後不覚に陥っている間に拘束、緊急車両で病院まで搬入される運びとなった。患者に対する説明は、麻薬に類する薬剤を摂取したことによる集団幻覚現象、とのこと。

ただし、撮影された画像や映像までは、無かったことにはできない。学校の設備のみならず、個人所有の端末も含めて、ノラの力に発する混乱に乗じる形で、フランシスカの手勢が回収、問答無用で廃棄された。

犯人はその日の内に逮捕。同校に恨みを持っていた市民の犯行として扱われることになった。事件がニュースになることはなく、地方紙の隅にさえ載ることはなかった。事情を把握しているのは、校長先生を筆頭としたごく一部の人間のみ。

一連の事後処理を終えるには、数日の期間を要した。

そうして迎えた休校明けの月曜日。

休み期間中を自宅や病院で過ごした生徒たちが、再び学校に登校してくる。

「委員長、おはよー！」

「おはよう、リサ」

二年A組の教室を訪れた委員長に、リサちゃんから声が掛けられた。

彼女はパタパタと賑《にぎ》やかにも、志水《しみず》の席までやって来る。

「たった数日しか経《た》ってないのに、めっちゃ久しぶりに感じるよぉ」

「それは私も思った」

「っていうか、委員長、ちょっと太った？」

「そ、そんなことないからっ！」

互いに笑顔でキャッキャと休み中の出来事を語らい合う。

リサちゃんの指摘通り、休校中は西野に振られたショックから、ご飯やおやつの量が増えてしまった委員長である。未《いま》だフツメンに執着があるようで、その視線は今も彼の席に引かれて止《や》まない。

登校した直後からチラチラと意識しているものだから、リサちゃんにしてみれば悩ましい光景だ。あれだけ盛大に振られたというのに、まだ諦められないのかと、思わず声を上げて尋ねたくなってしまう。

そうこうしていると、彼女たちの下に竹内《たけうち》君がやってきた。

「委員長、ちょっといいかな？」

「え、なに？　竹内君」

「変なこと聞いてごめんだけど、鈴木《すずき》と連絡を取れてたりする？」

「ううん？　ここのところほとんど取ってなかったけど……」

「思い返してみると、理科室で別れたきり会ってなくない？」

二人のやり取りを耳にしてリサちゃんが言った。

フランシスカから口止めを受けている手前、先日の騒動を大っぴらに語るわけにはいかない。理科室というのは、彼らが騒動中に拉致監禁されていた場所だ。そこで離れ離れになって以降、三人は鈴木君とは顔を合わせていなかった。

「うん、そうなんだよ。メッセージも既読にならないから心配でさ」

「それなら西野《にしの》君に聞いたら分かるんじゃないかな？」

「やっぱりアイツに確認するのが早いか……」

「竹内君から聞きにくいようだったら、私から聞こうか？」

「いや、委員長こそでしょ。なんならフランシスカさんに確認するよ」

「その方が確実かもしれないわね」

同じ教室内、別所では松浦《まつうら》さんの席を訪れる奥田《おくだ》さんの姿があった。

つい先日までは西野が登校してくるまで、廊下で肩身を狭くしながら教室内を覗《のぞ》き込《こ》んでいた彼女である。それが本日は堂々と入場の上、周囲からの視線もなんら気にした様子なく、松浦さんの席まで足を運ぶ。

「やあ、おはよう。松浦さん」

「奥田さん、我が物顔でA組の教室に入ってくるの止《や》めない？」

「何を言っているんだい。君と私との仲じゃないか」

「…………」

窮地を共にしたことで、今まで以上に馴《な》れ馴《な》れしい奥田さんだ。

同じく我が道を行くタイプの松浦さんからすれば、これがなかなか扱いにくい相手である。割とどストレートな彼女の物言いにも、まったく物怖《ものお》じすることなく、ニコニコと笑みを浮かべて近づいてきた。

騒動の只中《ただなか》で眺めたフル武装の松浦さんが、彼女のお眼鏡に適《かな》った次第である。

「ところで、西野君はまだ登校してきていないようだね」

「そういう訳だから、もうしばらく廊下で待機してたら？」

「お互いに孤高を愛する者同士、たまには語らい合おうじゃないか」

「…………」

いやいや、オマエとは違うんだよ、と言いかけたところで、実際には大差ないポジションであったことを思い起こす松浦《まつうら》さん。これと同類扱いは嫌なんだけど、とは思いつつも上手《うま》い言い訳が浮かんでこない。

当面は奥田《おくだ》さんにまとわりつかれそうな松浦さんである。

そして、教室内では彼女たちと同じように、随所で生徒が賑《にぎ》やかにしている。

話題に上がっているのは、ここ数日間の休校を巡るあれやこれやだ。生徒やご家庭には学校側から、薬物を利用したテロとの説明が行われた。素直に信じている生徒がいれば、未《いま》だに疑いの目を向けている生徒もチラホラと。

割れてしまった教室の窓ガラスや各所に生まれた弾痕は、フランシスカの手配した業者が対処した。ガブちゃんの活躍で崩壊した階段さえも、大枚をはたいて実現された突貫工事により、ここ数日で修復されていた。

自分たちが目にした光景がどこまで本当であったのか、生徒たちの間では議論が尽きない。その是非を巡って各所では、ああだこうだと言葉が交わされている。事情を知っている委員長たちからすれば、なかなかもどかしい光景だ。

「っていうか、スマホが壊れたの意味わからなくない？」「なんか電磁波？　みたいなのが原因って説明会で言ってたね」「買い替えたばかりなのに最悪なんだけど」「それがどうやら、学校側から補償が出るらしいよ」「え、マジ？」「古いやつと交換らしいけど、最新型がもらえるみたい」「うちの学校、最高かよ」

そうした只中《ただなか》、目に付くのは男女の入り混じったグループ。

大半の生徒は入学以降、互いに男女で別れて仲良しグループを形成していた。教室内でも男女間で日常的に交流があったのは、一部のカースト上位の生徒のみ。それがいつの間にやら、中層カースト以下の生徒でも見られ始めていた。

顔を合わせた誰もが、仲良さそうに言葉を交わしている。

それは西野《にしの》が青春を追い求める過程で生まれた、数少ないクラスへの貢献。

ややあって、朝のホームルームを知らせるチャイムが鳴った。

生徒たちは自身の席に戻っていく。

奥田さんもC組へ。

教室にはすぐに担当の大竹《おおたけ》先生がやってきた。

先生が教壇に立ったのと時を同じくして、ふと委員長は気づいた。

西野の席が空である。

ノラの席も同様。

二人揃《そろ》って休みだろうか。

そうした彼女の疑問に応えるように、朝の挨拶を終えた先生が言った。

「皆に残念なお知らせがある」

何かを予感させるような前置きだ。

そんなまさかとは思いつつも委員長は焦りを覚える。

「急な話ではあるが、西野《にしの》とダグーさんが転校することになった」

続けられた言葉は、彼女が何よりも危惧していたお知らせだった。

◇◆◇

委員長たちが休校明けの学校で授業に臨んでいる一方、西野とローズ、ガブリエラの三人は、住まいのシェアハウスで引っ越しの支度を行っていた。今は二階の共用スペースに集まり、荷物の梱包《こんぽう》に当たっている。

ダイニングテーブルの上には、キッチンの収納スペースから取り出された食器、調理器具などが並ぶ。これが住民たちの手により梱包材に包まれて、引っ越し業者のロゴが入ったダンボールに突っ込まれていく。

同宅のシェフのこだわりも手伝い、対象となるキッチン用品はかなりの量だ。

「お姉様、お鍋だけで何種類あルんですか。コレは多すぎでは？」

「それぞれの料理に適した作りや大きさのお鍋があるのよ」

「こちラの両手鍋ですが、同じくラいの大きさのものをさっき見ました」

「それはホーロー鍋よ。ステンレスの鍋と一緒にしないでちょうだい」

キッチン以外、リビングやダイニングにはまだ手が及んでいない。梱包だけでも結構な時間を要しそうである。ソファーテーブルの上には雑誌が放置されており、テレビの電源も入りっぱなしだ。

後者の画面にはアイドルデビューを果たした来栖川《くるすがわ》アリスが映る。バラエティ番組のゲストにお呼ばれしたらしい。人気は申し分ないようで、画面端に表示されているテロップには、彼女の活躍が次々とアナウンスされている。

「フライパンは重ねてしまっても大丈夫だろうか？」

「可能なら新聞紙か何かを挟んでもらっていいかしら？」

「承知した」

キッチン用品を扱っている手前、作業を主導しているのはローズ。

彼女の指示に従いながら、残る二人は手を動かしている。

「しかし、自ラの手でモノを掴《つか》む感覚、コレはなかなか痺《しび》レますね」

「よくまあこの短期間でくっついたものだ」

「貴方《あなた》の眼球もそうであったと、オバサンからは聞きました」

「言われてみると、たしかにその通りではある」

「驚いたことに治療を受けた翌日には、思う通りに動いていていました」

ホーロー鍋の梱包《こんぽう》を終えたガブリエラが、目の前で両手の指をワキワキと動かしながら呟《つぶや》いた。つい先日までは宅内でも手袋を欠かさなかった。しかし、本日の彼女は素手で作業に当たっている。

それも生身の肉体でだ。

これは両足も例外ではない。

しかも切断されていた部位には、傷一つ見当たらない。

元来からそうであったかのように、両手両足が生《は》え揃《そろ》っていた。

「おかげさまで一週間とかからずに退院することができました」

「もっと病室でゆっくりしてくれてもよかったのだけれど」

「お姉様と彼を二人きりにするなど、愚かしい行いではありませんか」

毒に倒れた西野《にしの》と、ガブリエラから与えられた助言。

そして、救われたフツメンの生命。

一連の出来事を目の当たりにしたことで、後日、ローズからガブちゃんに対して提案があった。西野のオッドアイと同様、彼女をドナーとする四肢の移植。幸いにして二人の体格は大差なく、中身はどうあれ肉体年齢は同程度である。

血液型の不一致などは、既にフツメンの肉体で問題ないことが確認されていた。そして、フランシスカの協力を得たことで、提案は早々に実現された。処置が行われたのは、過去にも西野《にしの》がお世話になった病院である。

結果として、見事復活を遂げたガブリエラの両手両足だった。

「しかし、よくまぁアンタも思い至ったものだ」

「舌に関しては、稀《まれ》に癒着するルこともあルとは聞いていました。ですが、手足の変化で確信を覚えました。以前からラ義手や義足の具合が悪いとは感じていましたが、先日からは傷口にまで変化がみラレていましたので」

「先日というのはアレか。包丁が飛んで夕食が血塗《ちまみ》れになった……」

「はい、そのとおりです」

ローズの大量出血を受けて、血液をゴクゴクしてしまったガブリエラである。

同日、彼女の義手が自然に落ちる様子は、西野たちも目の当たりにしていた。

「だが、それだけでよく判断できたものだ」

「それだけではありません。後日、キッチンのシンク下に収めラレていたボトルの中身に気づいたときの私の驚愕《きょうがく》は、未《いま》だに筆舌に尽くしがたいものがあります。同時にそれが理由で手足が戻ったと思うと、なんとも複雑な気分ではありませんか」

「……お願い、西野君の前でその話題は止《や》めて」

「ふふふ、当面はこの話題でお姉様を弄《いじ》り倒そうと思います」

「自分は気にしていない。そういった趣味の人間も世には少なくないと聞く」

過去には同じようなことを実験していたローズとフランシスカである。しかし、成功と呼べるような成果は得られていなかった。数少ない例外が西野のオッドアイである。それに続く成功例として、ガブリエラの手足は蘇《よみがえ》った。

そこでようやく、彼女たちは一つの仮説を得ることができた。

異能力者に対してのみ、その力を発揮するローズの血肉や体液。

人体組織の移植においても、それは同様であった。

「しかし、こうなルと今後は、お姉様も色々と大変ですね」

「自分の身くらい自分で守れるわよ」

「相手は我々と同じ穴のムジナですが」

「異能力者なんて数が知れているし、金持ちを相手にするより気が楽だわ」

「どうか安心して欲しい。自分もアンタの力になる」

「に、西野君……」

「事あル毎《ごと》に目の前で惚気《のろけ》ラレると、流石《さすが》に不愉快なのですが」

なにかとローズに対して格好つけるフツメン。

そして、これに尽《ことごと》く胸をときめかせるローズ。

見せつけられるばかりのガブちゃんは不服そうに言う。

「いずレにせよ、私の目が黒いうちは他所《よそ》からちょっかいを出さレないように、手を回しておくとしましょう。こうして与えラレた手足のお礼はしなけレばなリませんかラね。どうしようかと考えていたので、丁度いいかもしレません」

「そんなことを言って、西野《にしの》君の近くに居場所を確保するつもり？」

「おや、バレてしまいましたか」

「彼は私のものなのだから、貴方《あなた》には渡さないわ」

「健全な男であレば、不倫相手の一人や二人、自然ではありませんか？」

「そういうのを不健全と言うのよ」

「アンタたち、お喋《しゃべ》りは結構だが、どうか手を動かしてくれないか」

ダイニングテーブルを囲んで、賑《にぎ》やかにも荷造りを進めていく。

するとしばらくして、階下から玄関ドアの開閉する気配が届けられた。

階段を登ってくる複数の足音を耳にして、皆々の注目が室外に移る。

廊下から姿を現したのは、フランシスカとノラの二人だった。

「ローズちゃん、保護者が様子を見に来てあげたわよぉ」

「まさか昼からお酒を飲みに来たのかしら？」

オバサンの手には、コンビニエンスストアのロゴが入ったビニール袋が下げられている。

透けて見えるアルミ缶のラベルは、ひと目見て彼女が常飲しているビールのものであると判断できた。

「別にいいじゃないの。仕事はちゃんと済ませてきたのだから」

「若い子の情緒教育には最悪ね」

彼女の隣に付き従ったノラにチラリと視線を向けてローズがぼやく。

部下からの非難に構うことなく、上司はリビングのソファーに腰を落ち着けた。ドカリと遠慮なく背もたれに身体《からだ》を押し付けて、まるで我が家に戻ってきたかのようなくつろぎっぷりである。

ノラもその隣にちょこんと背筋を正して座った。

「フランシスカ、鈴木《すずき》君はいつアンタのところから解放されるんだ？」

「その件なのだけれど、校内に取り付けられていた監視カメラの映像から裏付けが取れたわ。本人の供述通り、あの男から脅されていたみたいね。家族や友人の安全を引き合いに出されて、渋々承諾する姿が映っていたわ」

「当然だろう？　だが、よく現場でのやり取りがカメラに残されていたものだ」

「貴方との交渉が上手《うま》く進められたのなら、解毒薬の提示と合わせて、服薬の説明に使うつもりだったんじゃないかしら？　ただでさえ心証がよろしくないのだから、何かしら説得の材料は必要じゃないの」

「……たしかに、そうかもしれない」

「メンタルのケアが終えられ次第、元あったとおり解放するわね」

「あぁ、すまないが、どうか丁寧かつ迅速に頼みたい」

「西野《にしの》君、貴方《あなた》が頭を下げる必要なんてこれっぽっちもないわ。元はといえば、この子が前任者を野放しにしていたことが原因なのだから。ええ、そういう意味ではむしろ、私たちは被害者なのではないかしら」

「ローズちゃん、貴方は私と【ノーマル】、どっちの味方なのかしら？」

「そんなの西野君に決まっているでしょう？」

「男ができた途端、急に態度が大きくなる女っているわよねぇ」

「同じようなことは以前から、ずっと口にしていたと思うのだけれど」

フランシスカの手元では早くも、プシッと缶ビールが開けられた。

その傍《かたわ》らで彼女の顔色を窺《うかが》うように、ノラがボソリと声を上げる。

「次は私も、ニシノと一緒がいい」

「引越し先はここよりも大きいから、問題はないと思うわよぉ？」

「本当？」

「待ちなさい、勝手に新居の住民を増やさないで欲しいのだけれど」

「なんだったら私も一緒に住もうかしらぁ」

「家中が貴方の放置した衣服や酒瓶で溢《あふ》れかえる様子が目に浮かぶわ」

「ソレはちょっと勘弁して欲しいところですね」

「なにを言っているのよ。貴方だって似たようなものじゃないの」

ローズの視線が向けられた先、そこにはソファーの背もたれに掛けられたコートが見受けられる。彼女の指摘通り、ガブリエラの持ち物だ。帰宅後にリビングへ直行、そのまま放置されていた一着である。

ああだこうだと言い合い始めた二人を尻目に、西野がフランシスカに尋ねた。

「ところで、目敏《めざと》い者たちに対する扱いなのだが」

「本人から提案があったとおり、ローズちゃんの力を目当てにした犯行として情報を流してあるわよ。これだけ大きな餌を目の前にぶら下げておけば、今後は貴方のクラスメイトが狙われることもないでしょう」

「あぁ、とても助かる」

「代わりにローズちゃんの身の回りは、慌ただしくなるかもしれないわねぇ?」

フランシスカは部下に視線を向けつつ語る。

これにより当面は、矢面に立たされる羽目となったローズだ。【ノーマル】の弱みは秘匿とされた一方、彼女の血肉が与える驚異的な治癒能力は今後、世界中の異能力者から狙われることになる。

今しがたガブリエラからも話題に上がった内容だ。

西野《にしの》は改めてローズに伝える。

「アンタには迷惑をかけてばかりだ。本当にすまない」

「西野君の為《ため》だったら、私はぜんぜん構わないわ。どうか気にしないでちょうだい。その子の手足を治した時点で情報が漏れることは織り込み済みなのだし、だったら利用しない方が勿体《もったい》ないでしょう？」

実際問題、西野がクラスメイトに向ける思いを汲《く》んだローズだった。

ガブリエラに借りを返しつつ、フツメンの為にもなる。

彼女からすれば一石二鳥の提案だ。

愛する彼の為であれば、自身の苦労もなんとやら。

「いい女だな。自分には勿体ない」

「そ、そんなことを言われたら、困ってしまうのだわ」

「アンタのことはこの命に替えても守り通す。どうか安心して欲しい」

「っ……！」

フツメンの呟《つぶや》きを耳にして、ローズの顔が真っ赤に染まる。

心底から困ったように狼狽《うろた》える姿は、彼女らしからぬ初々しさ。委員長が目の当たりにしたのなら、コイツは誰だと顔を顰《しか》めたことだろう。フランシスカも部下の変わりようを目撃して、ほとほと困ったように言う。

「ローズちゃんのこういう表情や態度、気持ち悪いわねぇ」

「もっと言ってやって下さい。先日からずっとこんな感じなのです」

二人を見つめるガブリエラも、苛立《いらだ》ちを隠そうともせずに言う。

より近い場所で、繰り返し惚気《のろけ》に晒《さら》されてきただけあって、不満も大きいようである。

これ以上は自身の目が届くところでイチャラブさせまいと、彼女は率先して話題を変えるように声を上げた。

「それにしても、あまりに急な告白ではありませんでしたか？　西野五郷《ごきょう》」

「どういうことだ？」

「当初はお姉様のことをあれほど毛嫌いしていたのに、自ら告白するだなどと」

「この女と出会った当時、自身はかなり困難な状況にあった。付け込もうと思えばいくらでも付け込めたはずだ。にもかかわらず、すぐ傍《かたわ》らで自らの本心を殺してまで寄り添っていた女、これに惚《ほ》れずして誰に惚れろと言うんだ？」

文化祭の準備期間中、青春の大切さに気づいた西野は、持ち前の行動力を遺憾なく発揮した結果、早々学内で爪弾《つまはじ》きとなった。それでも以降、学校の各種イベントに参加できたのは、陰ながらサポートしてきたローズの影響が大きい。

「その点については、お姉様の捻《ひね》くれた性格が多分に影響しているものと思いますが」

「ならばその性格も含めて愛するとしよう」

「……コレはもはや、打つ手がありませんね」

人数が増えたことで殊更に賑《にぎ》やかとなったリビングダイニングでのお喋《しゃべ》り。

その傍《かたわ》らでは付けっぱなしとなっていたテレビに来栖川《くるすがわ》アリスがアップで映る。テロップに従えば、もうじき卒業、中学校。来年度に迫った彼女の高校進学に向けて、番組の司会者がゲストにインタビューを行っていた。

『なんでもタローさん同伴で、学校見学も済ませたのだとか』

『実はもうちょっと時間がかかりそうなんですよぉー』

『えっ、まだ本決まりって訳じゃないの？』

『それは秘密でーす！　頑張って試験勉強中でーす！』

若々しく特徴的な声色は、ダイニングで作業に当たる西野《にしの》の下にまで届いた。

彼女の発言を耳にしたことで、彼はふと思い出したように声を上げる。

「フランシスカ、引越し先の学校について確認したいのだが」

「あらぁ？　資料は既に送ったと思うのだけれど」

「バイクでの通学が許可されているかどうか知りたい。というのも、アンタの部下からタンデムでの通学を求められていてな。送られてきた資料には校則の記載がなかったので、転校までに確認を行いたい」

「だから、そういうのを止《や》めなさいって言っているのよ」

「禁止されているのか？」

「違うわよ、絶対に目立つじゃないの。次はもっと上手《うま》いことやってもらえると嬉《うれ》しいわね。流石《さすが》に同じことを繰り返されたら、こちらとしても困ってしまうから。まあ、その様子なら他所《よそ》の女にちょっかいを出すこともないでしょうけれど」

「西野君と二人きりの学校生活、なんて素敵な響きなのかしら」

「ちなみに私も、同じ学校に転校すル予定となっていルのですが」

「西野君、部活動は何部を予定しているのかしら？」

「活動実態を確認した上で決めるべきかと考えているのだが」

「ええ、たしかにその通りだわ。是非とも一緒に見学に行きましょう」

これまではローズに対して一歩引いていた西野。彼女自身も意識して距離を置いていたことも手伝い、自然とガブリエラとの会話が目立っていた。しかし、そうした経緯も既に過去のものである。

生まれて初めてできたカノジョからの問いかけは童貞にとって甘美なもの。

ガブちゃんからすれば、距離を取られたように感じてならない光景だった。

「なんでしょう、この圧倒的な疎外感は。悲しみを覚えます」

「なら、私が付き合う」

「ノラ・ダグーは良い子ですね。貴方《あなた》も同じ学校に転校すルのですか？」

「そうだとフランシスカに聞いた」

「まあ、我々は一つにまとまっていた方が管理もしやすいことでしょう」

「私の部下の護衛という意味では、とても心強いと思いませんか？　一方的なご相談となり申し訳ありませんが、当面はこちらの彼女とも生活を共にして頂けると、とてもありがたく思います」

「オバサンの言うことは重々承知しています。原因の一端は私にもあルのですからラ、そちラの言い分に協力すルことは吝《やぶさ》かでもありません。恐ラく実家の人間も、前向きに検討してくレルことでしょう」

「そのように仰《おつしや》って頂けて幸いです」

ガブリエラの判断を耳にして、フランシスカは胸を撫《な》で下《お》ろした。

西野《にしの》の反応と合わせて、オバサン的には肩の荷が降りた気分だった。

そうした上司の胸の内を知ってか知らずか、ローズは元気良く声を上げる。

「後の予定も詰まっていることだし、ちゃっちゃと作業を進めるわよ」

「引っ越し業者がやってくるのは、いつ頃だったろうか？」

「日が暮レル頃には到着すルと、ついさっき電話連絡がありました」

「ちょっと貴方《あなた》、そういうことは早めに言いなさいよ」

「現在の進捗では、間に合わないかもしレませんね」

「フランシスカ、貴方も眺めていないで手伝いなさい」

「どうして私が引っ越しの手伝いまでしなくちゃならないのよ」

「保護者なのでしょう？　こういう場面でこそ活躍するべきじゃないの」

「今のうちに玄関周りを片付けてこようかと思うのだが……」

「だったら私も手伝うわ、西野君」

キッチン用品の梱包《こんぽう》を行っていたフツメンが、その手を止めて呟《つぶや》いた。

当然のようにローズがダイニングチェアから腰を上げて応じる。

すると間髪を容《い》れず、ガブリエラから声が上がった。

「ちょっと待って下さい。そういうことでしたラ、玄関周りの整理はお姉様に任せて、西野五郷《ごきょう》には私の部屋の片付けを手伝ってもラいましょう。というか、そうしないと非常に危うい気がします」

「どうしてそうなるのよ」

「何を隠そう、自室の支度はまだ碌《ろく》に終えラレておリません」

「それはたしかに、些《いささ》か不味《まず》いかもしれないな……」

「前々から言っていたのに、どうして貴方ってばそうなのかしら？」

「押し入レからラ出てきた漫画が面白くて、ついつい読みふけっておリました」

「ああもう、私も手伝ってあげるからさっさと片付けるわよ！」

「ニシノ、私も手伝う」

ドタバタと賑《にぎ》やかにもリビングダイニングを出発して、階下に降りていく面々。

フランシスカは缶ビールを片手に、これを穏やかな眼差《まなざ》しで見送った。

学内カーストの中間層、冴《さ》えない顔の高校生・西野五郷《にしのごきょう》は界隈《かいわい》随一の異能力者である。ダンディズムを愛する彼の毎日は、異能力を使ったお仕事一筋。常日頃から孤独な生き様を良しとしてきた。シニカルなオレ格好《かっこ》いいと信じてきた。

そんな童貞野郎はある日、青春の尊さに気づいた。このままでは碌《ろく》な人生を歩めないと考えた彼は、日々の生活態度を改めると共に、素敵な彼女を作って高校生活を謳歌《おうか》するため、あの手この手を用いて異性にアプローチを始めた。

そして、数々の出会いに恵まれた。

その過程で彼は大切な想《おも》いに気づく。

すぐ傍《かたわ》らから常に止《や》むことなく向けられていた熱烈な想い。

これはそんな西野少年が、素敵な彼女と共に青春を過ごしていく物語。

ＦＩＮ